2
Author 狭山ひびき
Illust. 珠梨やすゆき
未来で冷遇妃になるはずなのに、
なんだか様子がおかしいのですが…

ラファエル・マルタン
マルタン大国第一王子。
正妃の息子。
ローズと出会い、
彼女を溺愛する。
ローズ・グリドール
グリドール国第二王女。
姉の婚約者であった
ラファエルに出会い、
正式な婚約者となる。

Characters
レオンス・
ブロンデル
ブロンデル国王太子。
ブランディーヌの元婚約者。
ブランディーヌ・
マルタン
マルタン大国第一王女、
側妃エメリーヌの娘。
ラファエルの異母姉で、
レオンスの元婚約者。
ニーナ
ローズの侍女。
元はマルタン大国
王妃ジゼルの侍女。
王妃の指示で
ローズ付きになる。

Contents

Mirai de reiguuhi ni
naruhazunanoni, nandaka yousu ga
okashiinodesuga...

Author

狭山ひびき

Illust.

珠梨やすゆき

Mirai de reiguuhi ni naruhazunanoni,
nandaka yousu ga okashiinodesuga...
Presented by Hibiki Sayama
& Yasuyuki Shuri

プロローグ

ローズはそのタンザナイト色の瞳で、ゆっくりと遠ざかっていくグリドール国ローアン港を見つめながら、妙な感傷を覚えていた。

埠頭に見送りに来てくれていた人たちも大勢いたが、もうローズの視力では判別できないほど離れてしまった。

潮を含んだ心地のいい風が、ローズの藍色の髪をもてあそぶ。

プールのある、船主側の一等客室専用デッキには、船がローアン港を出航してまだ三十分も経っていないからか、人の姿は非常に少なかった。

（きっと……、もう戻ってくることはないんでしょうね）

小さくなるローアン港を見ながら思う。

綺麗に晴れた空も、日差しが反射してキラキラと輝く海面も、ローズの門出を祝福してくれているかのように美しいのに、小さな寂しさがローズの胸に影を落とすのは、今日をもって、遠ざかっていくグリドール国と永遠の別れになるだろうことがわかっているからだろうか。

後悔は微塵もないけれど、だから何も感じないわけではないのだ。

グリドール国第二王女ローズが、生まれ育ったその国に戻ることは、おそらく一生ない。それはただの予感ではなく、ラファエルの口から事実として聞かされたことだから、間違いはないだろう。生まれたときの容姿が父に似ていなかったから不義の子だと言われ、ローズは十七年間、城の中でほぼ幽閉に近い扱いを受けていた。両親はもとより、兄弟たちもローズには関心を示さず、家族の一員として扱われたことは一度もない。

きっと一生日陰者として生きていくのだと諦観を持って受け入れていたローズの運命が変わったのは、一か月と少し前に乗船したこの船、プリンセス・レア号——いや、今はもう名を変え、プリンセス・ローズ号というローズには恥ずかしくて仕方のない名前を冠した、この豪華客船での出来事がきっかけだった。

ローズは十七歳の誕生日に、不思議な夢を見た。

それは十七歳から十年先までのローズの身に起こる未来の記憶だ。

プリンセス・レア号の中で失踪した姉王女レアの身代わりで、姉の婚約者だったラファエルと結婚し、その後塔に幽閉されて、冷遇妃として生きていく——夢で見たのはそんな未来だった。

ただの夢なのか、本当の予知夢なのか——、正直なところ、ローズはいまだによくわからない。

けれども、その夢で見たことは実際の現実として起こり、ローズはプリンセス・レア号に乗船した。そして実際にレアは海上を優雅に進む豪華客船の中で失踪したわけだが、そこから先が夢の内容と変わっていたのだ。

未来を変えようと必死だったローズの行動の結果なのかどうかはわからない。

ローズを疎み結婚後塔に幽閉する未来の夫ラファエルが、ローズに興味を示したのだ。それどころか、今ではすっかりローズのことを溺愛していて、超がつくほど過保護になっている。

ローズもいつの間にかラファエルに恋をしていて、彼の求婚を受け入れた。

そして今、ローズは、ラファエルがレアの身勝手な行動の慰謝料の一つとして奪い取ったプリンセス・レア号改めプリンセス・ローズ号で、マルタン大国へ向かっている途中なのだが、やはり、育った場所を離れるのは、多少なりとも心に揺らぎをもたらすものだ。

もちろん、両親や兄弟たちと会えなくなることが淋しいとは思わない。彼らの中でローズが家族でなかったのと同様に、十七年間疎まれ続けて幾度となく絶望したローズもまた、彼らのことを家族だとは思えなくなっていたからだ。

でも、疎まれ続けてろくな思い出もないローズにも、大切な人はいる。

グリドール国には、生まれてからずっとローズを導き、大切に育ててくれた、乳母のアリソン・グローブ子爵夫人がいるのだ。

ローズの唯一にしてかけがえのない侍女ミラの母でもあるアリソンは、ローズの乳母ではあったが王妃の侍女でもあった。

夫であるグローブ子爵もいるので、当然、ローズと一緒にマルタン大国へ移動できるはずはない。

ローズがそのことに淋しいと感じるのは、ローズの我儘(わがまま)でしかないから決して口にはできなかった。出航前に見送りに来てくれたアリソンは「お元気で」と言ってローズを抱きしめてくれた。そして、大切な彼女の娘であるミラを、ローズの侍女としてマルタン大国に送り出してくれたのだ。その上アリソンと離れたくないなどと、そんな我儘を口にできるはずがない。

「ローズ、ここにいたのか」

ぼんやりと離れていくローアン港を眺めていたローズの元に、ローズの婚約者にしてマルタン大国王太子のラファエルがやや速足で近づいて来た。少し息が乱れている。

ザクロのように赤い切れ長の瞳。鼻筋はすっと通っていて、シャープな顎のラインには、日差しを反射して輝くシトリン色の美しい髪が少しだけ張り付いている。整った顔が焦りを浮かべているのを見て、ローズはきょとんとした。

「何かあったんですか？」

ラファエルが慌てるのは珍しいなと首をひねると、ラファエルが額に手を当てて盛大(せいだい)に息を吐きだした。

「何かって、ローズが急にいなくなるから探していたんだ！　ミラに訊いても知らないと言うし、一人でふらふら歩き回ったら危ないだろう？」

ローズはぱちくりと目をしばたたいた。

（ミラには散歩に行くって言っておいたんだけど……）

乗船して、荷物の片付けに忙しそうにしていたミラを思い出す。散歩に行くと言ったローズに、クローゼットにドレスを片づけていたミラは「遠くに行かないでくださいね」とだけ釘を刺した。だから遠くへ行かず、デッキへ向かったのだが。

ローズの部屋は、船主側の一等客室の一室だ。ちなみに隣はラファエルで、散歩に行くときに誘おうと思ったのだが、何やら忙しそうにしていたから声をかけなかったのである。

（セドックさんと何か話し込んでいたみたいだし）

ラファエルの従兄弟のチャールストン公爵家の跡取り息子セドック・チャールストン・モルト伯爵は、ラファエルの側近でもあるらしい。真剣な顔をして話し込んでいたから、込み入った話をしているのだと思ったのだが違ったのだろうか。

ローズとしては気を利かせたつもりだったのだが、ラファエルにしてはそうではなかったようだ。

「君の姿が見えなくて、心臓が止まりそうになったよ。頼むから俺の心臓のためにも俺の目の届く範囲にいてくれないか？　ローズに何かあったら生きていけない」

大げさだなと思いつつも、ローズは自分の頬に熱がたまっていくのを感じた。

（ラファエル様は、すぐこういうことを言うんだもの）

ラファエルに愛されているのは知っている。彼が態度と言葉でそれを示してくれるから。もちろんそれは嬉しいのだが、恥ずかしくて照れてしまうので、ほどほどでお願いしたかった。

探したというラファエルの言葉は本当だったようで、腕を広げてローズを抱きしめた彼の体温がいつもより高い。

「君はぽやんとしていて迂闊なところがあるから、誰かに騙されて攫われたりしないかと不安で仕方がないよ」

「いくら何でも、見ず知らずの人について行ったり――」

「しただろう？」

めっ、と叱るような目をされて、ローズははたと以前のクルーズを思い出した。

アート・ギャラリーで見ず知らずの人に声をかけられて、ついて行こうとしたことがある。そしてそのあとローズを助けてくれたラファエル――あの時は変装してモルト伯爵の名前を名乗っていたが――にも、うかうかとくっついて行って、ケーキまでごちそうになった。

（………否定できる要素がないわ）

実際ラファエルの目の前でやらかしているのだから、何を言ったところで信用されないだろう。

（ラファエル様の言う通りだわ。もっとしっかりしないと。今度からマルタン大国で暮らすことになるんだもの、迷惑はかけられないわ）

と、心の中で決意するローズだが、真剣な表情を浮かべたローズが、ラファエルはさらに心配になってきたようで、よりいっそうローズを抱きしめる腕に力を込めた。

「一人でふらふら歩き回らない。どこかに行きたいなら俺に声をかけるか、最低でもミラを連れて行くように。いいね？」

「はい」

しょんぼりと肩を落としてローズが頷けば、突然、くすくすという知らない笑い声が聞こえてきた。

驚いてラファエルの腕の中で振り返った拍子に、日差し避けでかぶっていた白い帽子がふわりと風に飛ばされる。

「あ！」

ローズはひらりと蝶のように宙に舞った帽子に、慌てて手を伸ばした。

（ラファエル様にプレゼントしてもらった帽子！）

ローズはラファエルの腕の中から抜け出して追いかけようとしたが、走り出そうとしたローズに危機感を覚えたラファエルによって止められてしまう。

「帽子が……！」

海に落ちたら回収できなくなってしまう。

ローズが泣きそうになっていると、軽やかな足取りでこちらへ駆けてきた一人の男性が、俊敏な動作で飛び上がり、海に落ちる前に見事に帽子をキャッチしてくれた。

背の高い男性だった。年齢は十七歳のローズや、十九歳のラファエルよりも少し上だろう。ふわりと揺れた薄茶色の髪が日差しで透けて、金色に見える。帽子を手にローズを見て微笑(ほほえ)んだ瞳は優しそうな青灰色をしていた。

「危なかったね」

その声を訊いて、ローズは先ほどの笑い声の主が彼だと悟る。

ローズを抱きしめていたラファエルが目を丸くした。

「もしかして、レオンス殿下ですか？」

「そうだよ。久しぶりだね、ラファエル殿下。去年の国際会議以来かな？　……ラファエル殿下で、いいんだよね？」

「そうですよ。それとも、他の誰かに見えますか？」

何故確認されたのかと腑に落ちない顔のラファエルが、こちらへ歩いて来た男性――レオンスから、ローズの帽子を受け取った。

「いや、ラファエル殿下が女性をそんなに……なんというか、猫かわいがりしているのが信じられなくて。しばらく会っていない間に、随分と変わったみたいだ」

レオンスに揶揄われたラファエルがむっと眉を寄せる。

ラファエルから帽子を受け取ったローズは、今度は風に飛ばされないようにとしっかりかぶり直して、改めてレオンスに向きなおった。

（殿下、と呼ばれたから、どこかの国の王族かしら？）

世事に疎いローズは、他国の王族に詳しくない。

かといって、こちらから名前を訊ねるのは失礼にあたるだろう。

（ひとまず、挨拶が先よね？）

閉じ込められて育ったローズは社交慣れもしていない。失礼に当たらないように丁寧に挨拶しなければと、ラファエルの腕の中から抜け出したローズは、不慣れなカーテシーをしようとした——のだが。

「きゃ！」

そのとき、揺れの少ない大型の豪華客船には珍しく、ぐらりと小さく船体が揺れて、ローズはバランスを崩してしまった。

「ローズ！」

ラファエルが血相を変えて、転びそうになったローズを抱きとめる。

「挨拶はいいから、じっとしていなさい！」

他国の王族を前に「挨拶不要」と言い切ったラファエルにローズは愕然としたが、レオンスはそれを不快には思わなかったらしい。

「ラファエル殿下の言う通りだよ。危ないから殿下の腕の中にいるといい。それで、ラファエル殿下、彼女は？　君の婚約者はレア王女と聞いたけど、彼女はレア王女じゃないよね？　レア王女とお会いしたのはグリドール国のパーティーに招待された五年前が最後だけど、さすがに同一人物だとは思えないよ。髪と目の色も違うし、なんというか……妖精みたいに可愛い」

「可愛くてもあげませんよ。ローズ、こちらはブロンデル国のレオンス王太子殿下だ。ちょっとい

ろいろあってね、それなりに面識がある」

「ちょっといろいろ、と言葉を濁さなくても、君の姉上の元婚約者だって言えばいいだろう？」

「実際にいろいろいろいろあったから、オブラートに包んだつもりなんですけどね」

「ただ意味深に言っただけにしか聞こえないよ。まあいいけど。それで、そちらの可憐なお嬢さんは誰かな？」

「彼女はローズです。グリドール国の第二王女ローズ。この度晴れて婚約しました」

晴れて、というよりはグリドール国王をしっかりと脅して、というのが正しい気はするが、ローズはあえて突っ込まなかった。ローズとしてもラファエルと婚約したかったからだ。強引な手段を用いてでもローズをグリドール国から奪い取ってくれたラファエルには感謝しているのである。

「晴れて婚約って……あれ？　レア王女は？」

「あちらの都合で婚約破棄です」

「その割に嬉しそうだね」

「それはもう。こうして最愛の女性が手に入りましたから、結果オーライってところですよ」

レオンスはやれやれと嘆息して、ローズに向かって苦笑した。

「ローズ王女、私が言うのもなんだけどね、この男でいいのかい？　この男、腹の中は真っ黒だよ」

「余計なことを言わないでください。お互い様でしょう」

「失礼なことを言わないでほしいね。私は善人だよ」

「どうだか。それで、レオンス殿下はなぜこの船に？　この船は我が国マルタン大国へ向かっているんですがね」

　慰謝料として奪い取った船で凱旋帰国し、ローズの存在を見せびらかす。ラファエルがそんなことを言って出港準備をさせたのがつい数日前のことだ。所有者がグリドール国からマルタン大国へ移ったことで、従業員が働き口を失うのを不憫に思った彼は、希望者がいればこのままマルタン大国で雇うと言い出した。半数以上のものがそのまま雇われることを希望したため、従業員を遊ばせておくのももったいないと、ついでに一般客の乗船も許可したため、この船にはローズやラファエル、そして彼の友人たち以外にも大勢の客が乗っている。

「別の船で行く予定だったんだけどね、この船がマルタン大国へ向かうと聞いて、どうせなら優雅な船旅を楽しみたいなと思ってさ」

「つまり、マルタン大国に来る予定なんですか？」

「君の父上にはすでに連絡をしてあるよ？　許可も得た」

「それはそうでしょうね。国交がほぼ断絶しているブロンデル国の王太子が、能天気に旅行できる場所ではないでしょうから」

「能天気に旅行しに行くのではなくて外交で行くんだよ。これ以上はこの場では喋れないけどね。ま、君も本国に到着したらお父上から事情が説明されるだろう」

「面倒事の予感しかしませんね」

「その予感は当たるかもね」

くすくすと笑って、レオンスが踵を返す。

「それじゃあ、お邪魔したね。それからこれは忠告だが、ローズ王女が可愛くて仕方がないのはわかるけれど、可愛い小鳥は鳥籠に閉じ込めたままだと早死にしてしまうものだよ。ほどほどに。じゃあね、ローズ王女。その男が鬱陶しくなったらいつでも相談においで」

「余計なお世話です！」

ラファエルの怒鳴り声を笑っていなして、レオンスは客室に向けて歩き去っていく。

ラファエルはレオンスの姿が見えなくなるまでじっとりとした目で睨んで、そして息をついた。

「ローズ、レオンス殿下がこの船に乗っているのならなおのこと、一人で歩き回らないでくれ。……何を吹き込まれるか、わかったものじゃない」

憮然と眉をよせるラファエルと彼の腕の中から見上げて、ローズはおっとりと、意外と仲良しに見えるけど、と口に出したらラファエルが全力で否定しそうなことを考えたのだった。

一、歓迎されない婚約者

プリンセス・ローズ号が優雅なクルーズを終えてマルタン大国のレレイバ港に到着するころには、やわらかく吹く風に微かな秋の気配が漂い始めていた。

マルタン大国はグリドール国よりもずっと南に位置しており、一年で一番夏が長いが、四季は存在している。

ラファエルによると、長い夏のあとで短い秋が来て、そこから一気に冷え込むのだそうだ。と言っても、標高の高い山のあたり以外、雪はほぼ降らないらしい。たまに山の方から風花が飛んでくることがあるだけだという。

「王都は少し標高の高いところにあるから、他と比べると夏も涼しく過ごしやすいんだけど……それでもグリドール国で育ったローズには、慣れるまで夏はつらく感じるかもしれないね」

レレイバ港から王都まで馬車で移動しながら、ラファエルが心配そうに言う。レレイバ港に着いてすぐ、ローズが日差しの強さに眩暈(めまい)を覚えてしまったことを気にしているみたいだった。

ちなみに馬車にはローズとラファエルのほかにミラとセドックが同乗している。ほかのラファエルの友人たちは後続の別の馬車の中だ。

（ちょっとくらっとしただけだから、たいしたことはないのに）

ラファエルのみならず、隣に座っているミラも心配そうな顔をして、必死に扇で扇いではローズに風を送っている。閉じ込められて育ったローズは体力がないので、ちょっとした変化に体調を崩しやすい。それを知っているミラは、ローズがいくら大丈夫だと言っても納得してくれなかった。

「ミラも暑いでしょう？　もう扇がなくて大丈夫よ」

「わたくしは頑丈なのでお気になさらず。冷たい飲み物がご用意出来ればいいんですけど」

「もう少し先に町があるから、カフェにでも入って涼もう」

馬車の中は日差しが遮られているし、開けている窓から風も入ってくるので外と比べるとずいぶん涼しいのに、過保護な二人はそんなことを言う。

ローズは申し訳なくなってきて、大丈夫だとくり返すのに、この二人はローズの「大丈夫」は信用していないようだった。

ラファエルの隣に座っているセドックは、ミラとラファエルの過保護っぷりにあきれ顔をしている。

「ローズ王女の症状は軽い眩暈だって言ったろう？　いくら何でも心配しすぎだ」

セドックは幅広い知識を持っていて、いろいろな薬品を扱うことから多少の医学の心得もある。

眩暈を起こしたローズに慌てふためいたラファエルの横で的確に症状を見極めて、日陰に移動させれば大丈夫だと判断を下したのは彼だった。実際、少し休めばローズの眩暈の症状も収まって、今は何事もない。ただ暑いだけなのだ。

それなのに、そんなことを言ったセドックを、ラファエルがキッと睨みつけた。

「ローズはこの国の気候に慣れていないんだ」

「……はあ。今の殿下の様子を王妃様が見たら、びっくりするだろうな。人間、こんなに変わるもんかね」

「俺は何も変わっていないぞ」

「そうだな。ローズ王女限定だから、確かに変わってはいないだろうが」

いつもはニヤニヤ笑いながらラファエルを冷やかすセドックも、同じ馬車の中で過剰なまでにローズの体調を気にして落ち着かないラファエルに辟易としているようだ。

「あの、ラファエル様、本当に大丈夫ですから。ミラももう心配しないで」

寄り道をしていたら王都に到着するのが遅くなる。それなのに、ラファエルは気にした様子もなく平然と言った。

「ローズにこの国の様子を見せてあげたいと思っていたから、そんなに急いで王都に向かう必要はないよ。ゆっくり休み休み向かおう。セドック、問題ないだろう？」

「そんなことを言い出すだろうと思って、事前に陛下には遣いを送っておいたよ。十日後に王都に到着するって伝えさせたから余裕はあるけど、十日後までには必ず王都へ戻ってくれよ。俺が陛下に怒られるから」

（十日後って……）

　ローズはびっくりした。

　確か、レレイバ港から王都まで、馬車で二日ほどの距離のはずだ。それが十日。どれだけ寄り道するつもりだろう。

「助かったセドック。王都に帰ったら、長い間遊んでいたんだから仕事しろと、面倒ごとを押し付けられるのは目に見えているからな。そんなことになれば、いつローズに国を案内してやれるかわかったものじゃない」

「そしてそんなことになったら殿下の機嫌が悪くなって俺が苦労するからな。俺は危機管理ができている男だから」

「嫌味か」

「事実だろ？　ま、そういうことだから、ローズ王女も気にしなくていいよ。フェリックスたちも、どうせそんなことになるだろうって、ここからは別行動をとるらしいから」

　フェリックスとは別の馬車で移動中のラファエルの残り四人の友人の一人で、ラファエルの従兄弟でもある。彼らはあとの面倒ごとをセドック一人に押し付けて、一足先に王都へ戻るのだそうだ。この国の住人である四人は、わざわざ遠回りして観光する意味がないのである。

「よし。十日でのんびり観光できるルートを考えるか」

「そう言うと思って、いくつかピックアップしておいた。この先の町に行くならそこで計画を立てればいいだろ」

こうして、ローズが口を挟む間もなく、マルタン大国に到着早々、王都周辺の観光が決まったのだった。

☆

マルタン大国は「大国」と名のつく通り、広い国土を有している。国土面積はグリドール国のおよそ四倍。周辺国の中で一番大きな国なのだ。

そして、国土と国家権力の大きさが必ずしも比例するわけではないけれど、マルタン大国の場合は広大な国土に加えて建国から長い歴史があり、また軍事力、経済力、そして文明レベルも高いことから、周辺国の中では一、二を争う巨大国家である。

古き時代の建造物も多く、新しく建てられた建設物もその美しい景観を崩さないようにと配慮されていて、ローズの目には見るものすべてが新しく輝いて見えた。

建造物は真っ白な壁のものが多くて、屋根は赤や青など鮮やかな色をしている。

長い歴史の中で何度か王都も移されており、国内のあちこちに昔の王族が使用していた城や王宮があるらしい。

（屋根が丸いわ。面白い）

ラファエルが最初にローズを連れて行きたがったのは、レレイバ港からほど近いところにある旧都で、そこには半円の形をした屋根を持つ、六百年前に建てられた城があった。半円の屋根の大きな城の周りには、鋭く尖った尖塔と城壁が、城をぐるりと四角く取り囲むように立っている。

訪れたときはちょうど日が沈みかけたときで、尖塔の先にオレンジ色の太陽が引っかかって、蠟燭のように見えた。赤から藍色に変わる空が、古き城を幻想的に映し出す。

「この景色、アート・ギャラリーにあった気がします」

「さすがローズ、よく見ているね。船のアート・ギャラリーに、ここの景色を描いたものがあったよ」

「やっぱり！」

以前の船旅でラファエルからアート・ギャラリーのパンフレットをプレゼントしてもらったので、あとで見返してみよう。

ラファエルが燃えるように赤い太陽に目を細めて笑う。

「こういう景色、ローズは好きだろうなと思ったんだ。連れてきてよかった」

「はい、大好きです！」

「っ、……本当に君には参るね」

食い入るように城を眺めていたローズが満面の笑みで振り返ると、ラファエルが不意を突かれた

ように目を丸くして、うっすらと目元を赤く染めた。

ローズがきょとんとすると、ラファエルが指を絡めるように手をつないでくる。

「その顔はすごく可愛いけど、俺の前以外でするのは禁止ね」

「顔？」

「あんまり純粋な顔で弾けそうな笑顔を浮かべないでってこと」

「はあ……」

（どういうことかしら？）

ラファエルが何を言っているのかわからない。ローズが不思議そうな顔をすると、ラファエルが「四六時中張り付いていたくなるよ」と苦笑した。

今、ローズはラファエルと二人きりでゆっくりと町の中を歩いている。もちろん離れたところに護衛の兵士たちがいるようだが、彼らは目立たないように行動しているからローズの目にはどこにいるのかわからない。

「ローズ、どこか行きたいところはある？」

城の美しさをしっかり堪能した後で、ラファエルが訊ねてきた。

ローズは宿の部屋に残して来たミラを思い出す。ラファエルとのデートの邪魔になるからと言って、ミラはついて来なかったのだ。

「ミラにお土産（みやげ）が買いたいです。どんなものがいいでしょうか……」

「そうだな。ランプとかどうかな。色ガラスで装飾してあるランプでね、火を灯すとカラフルな灯りが部屋を照らすんだ。女性に人気なんだよ」

「女性に……」

それはいいかもしれないと思うと同時に、女性に人気と言い切ったラファエルは、もしかして誰かにプレゼントしたことがあるのだろうかとちょっぴり不安になってしまった。

塔に幽閉されて冷遇される未来はもう訪れないと思いたいが、今後もしラファエルに、ローズ以外の好きな女性ができたらわからない。

チクチクと胸の中が痛くなって、でもそんなことは口に出せなくてローズが曖昧に笑うと、ラファエルがハッとしたようにつけ加えた。

「王宮の女官たちの間でちょっと前からブームになっているんだよ」

断じて誰かにプレゼントしたわけではないと言うラファエルに、ローズはホッと息を吐きだした。

安心したローズが心からの笑みを浮かべると、ラファエルがちょっと意地悪な顔をして探るように顔を覗き込んでくる。

「ローズ、やきもちを焼いてくれたの？」

「やきもち……なのでしょうか？」

「俺が他の女にプレゼントしたと思って嫌な気持ちになったんだろう？」

「はい」

真顔で頷けば、ラファエルが一瞬言葉に詰まって、片手で口元を覆う。

「だから君は、どうしてそう純粋なのかな……。こっちが照れてしまうよ。参ったな」

よくわからないが、ローズの返答がラファエルを困らせてしまったようだ。

ローズがおろおろすると、ラファエルが気を取り直したように、ローズの手を引いて歩き出した。

「商店街に行こう。そこにならランプもたくさん並んでいるだろうからね」

「はい！」

ラファエルに連れられて商店街へ向かえば、彼の言う通りカラフルなランプが売られていた。吊り下げるタイプのランプや卓上に置いて使える小さなものまでたくさんの種類がある。

ランプのほかにも、いろいろな雑貨が売られていたが、どれも色彩豊かで鮮やかだ。

（ミラが使うなら、卓上ランプがいいわよね？）

ミラに似合いそうなものを、とランプを手に取って検分しながら、ローズは自分が少し興奮していることに気が付いた。

ずっと閉じ込められて育ったローズは、自分で買い物をした経験がないのだ。お金を持たされたこともない。プリンセス・ローズ号から降りるときに、多少は持っていた方が安心だろうからとラファエルが渡してくれたお金が、生まれて初めて手にしたお金だった。ちなみにこのお金は、ラファエルがグリドール国王から慰謝料の一部として奪い取ったものをマルタン大国の貨幣に換金したものらしい。

――ローズがこれまで与えられるはずだったものはすべて奪い取ってやったよ。だからこれらは全部君のものだ。

ラファエルが朗らかな笑顔で言ったのを思い出しながら、ローズはポーチの中から財布を取り出す。

ラファエルも、ローズが初めての買い物にわくわくしているのに気づいたからか、自分が支払うとは言わなかった。

「好きなだけ買うといいよ。お金が足りなくなったら言って。……まあ、この店に並んでいる商品なら、ローズが持っている金額で充分足りそうだけどね」

ローズの持っている財布の中には、金貨が十枚詰まっていた。ラファエルによると、この店に並んでいる商品すべてを買おうとしても足りるだろうとのことだ。

ローズはびっくりしたが、ふと、出航前に乳母のアリソンに教えられたことを思い出した。

（そう言えば、マルタン大国の金貨の価値は、グリドール国の金貨の価値と違うのよね）

金貨の大きさもあるが、マルタン大国の金貨一枚の価値は、グリドール国の金貨の十枚相当らしい。

博識（はくしき）なアリソンは、ローズがマルタン大国へ向かっても困らないようにと、出航までの短い間に、可能な限りの知識を与えてくれたのだ。

お金の知識は頭の中に入っているが、実際に使ったことのないローズには、どの商品にどれだけの価値があるのかは、あまりよくわかっていない。うっかり馬鹿なことをしないように気をつけつつ、ローズは商品につけられている値札を確認した。

「あ、ローズ。その文字は……」

「こっちが銀貨一枚で、こっちが銅貨七十五枚ですね」

「え……？」

ローズが金額を確認していると、ラファエルが息を呑んだ。

「ローズ、マルソール語が読めるの？」

ラファエルとローズは、大陸の共通言語で会話をしている。しかし、マルタン大国は大陸共通語のほかにマルソール語と呼ばれる母国語があるのだ。市民は必要に駆られないかぎり大陸共通語ではなくマルソール語を使用するので、値札の文字もマルソール語で書かれている。

「読むしかできないのでお恥ずかしいんですけど」

ローズは商品を選びながら、何でもないことのように答える。

「いや、恥ずかしいって……マルソール語ってほかの国の人からしたら難しいんだよ？　どこで習ったの？」

「乳母から学びました」

グリドール国ではローズは国王たちに放置されていたので、しかるべき教育は受けていない。けれどもアリソンが博識で、いろいろな知識をローズに授けてくれていたので、最低限のことはわかるのだと答えると、ラファエルは啞然とした。

「最低限どころじゃないだろう……。レアも簡単な挨拶しかできなかったのに……」

「いえ、わたしは読めるだけで、最低限の挨拶も話すことはできませんから……。早いうちに習得しなければとは思っているんですけど。乳母からも、時間がなくてこの程度のことしか教えられなくて申し訳ないと言われたくらいですし、本当にまだ全然で……」

「なるほど、ローズの認識がずれている原因は君の乳母だな。どうやら君は、とんでもない大物に育てられたらしいね」

アリソンを褒められるのは嬉しいが、乳母がすごくてもローズが同じようにすごいわけではない。

「乳母は確かに聡明な人でしたけど、わたしはまだまだ彼女の足元にも及ばないんですよ。アリソンの顔に泥を塗らないように頑張らなきゃとは思っているんですけど……」

グリドール国でも、愚者だ無知だと馬鹿にされてきたローズである。これからたくさん頑張らないと、ラファエルに迷惑をかけることになるだろう。

ラファエルが「ローズの自己評価はおかしいよ」とぼやいているのにも気づかず、未来の夫の足を引っ張らないように頑張ろうと決意したローズは、一つのランプを手に取った。

「決めました！　この青い花柄のランプにします」

「そ、そう……」

「あ、でも、あっちのコップも可愛いです。両方買ってもいいでしょうか……」

「もちろんだ。その財布に入っているのは君のお小遣いだからね、遠慮はいらない」

ローズはぱあっと顔を輝かせると、鮮やかな緑色をした蔦模様のコップを手に取る。

そのほかにもいくつかの商品を手にして、金額を確認すると、「全部で銀貨三枚と銅貨十八枚ですね」と言って金貨一枚と一緒に商品を店主に渡す。

「計算も早いし完璧……。はあ……君には本当に驚かされる。って、ちょっと待つんだローズ。ミラのお土産しか買っていないじゃないか。君がほしいものも買わないと」

「わたしがほしいものですか？」

今まで与えられてきたものが少ないからこそ、自分のものを購入するという思考に至らなかったローズは、ラファエルの言葉にハッとした。

（わたしのものも、買っていいのね……）

ここはグリドール国ではない。父や母の監視の目もない。ローズがローズ自身のものを購入しようとも、怒る人はいないのだ。

ローズは購入予定の商品を店主に預けたまま、ミラと色違いのランプを手に取った。

「ミラとお揃いで買います！」

「ランプ一つで嬉しそうに……。愛おしすぎて頭がおかしくなりそうだ」

購入した商品を袋に詰めてもらって満足そうな顔でラファエルのそばに戻っていくと、やや困った顔をした彼に、ぎゅうっと抱きしめられてしまった。

☆

「ああ、可愛い」

「殿下、愛が駄々洩れになって顔がにやけてるから、表情を引き締めた方がいい。そろそろ城に到着するから」

ラファエルとセドックが対面でそんな会話をしているのにも気づかずに、ローズは馬車の窓からの景色に目を奪われていた。

馬車が、石畳のなだらかで長い坂道を上って行ったかと思えば、王都を取り囲む真っ白な外壁が見えてきた。跳ね橋をくぐると、そこに広がっていたのは驚くほど綺麗な街並みだったのだ。

王都は小高い丘に建てられていて、奥にそびえ立つ巨大な城が一番高いところにある。

城を起点に扇状に広がる街並みは、どれも白い外壁で、とにかく美しい。

ラファエルによると、王都は百年ほど前に作られた自然を利用した要塞都市でもあるらしい。

表からは見えないが、城の裏手は崖になっていて、崖の下にはなかなか川幅の広い川が流れているという。王都を取り囲む高い外壁に、裏手の崖と川。そのほかにも戦時に役立つ仕掛けがたくさんあるそうで、攻め落とすのが困難な作りなのだという。

（そう言えば、マルタン大国は過去に何度か内乱が起きているのよね。他国から攻め込まれることはほとんどなかったみたいだけど、大きな国だから、国政の目が行き届かないところで不穏分子が生まれやすかったとアリソンが言っていた気がするわ。もっとも、ここ最近は平和な時代が続いているみたいだけど）

不穏分子を生ませない方法の一つとして、レアが留学していた学園があるという。レアが通った学園は貴族や王族専用のものだったが、貴族や平民に問わず、自由に教育が受けられる環境を整えているのだそうだ。身分にかかわらず、基礎教育が義務化されている。

（教育が行き届けば就職に自由が生まれる。生活が安定すれば不穏分子は生まれにくい。また、教育課程で国王への尊敬の念を植え付けることで、王族に刃を向けようとする人は格段に減る）

上から押さえつけると軋轢が生まれるものだが、自由すぎてもいけない。大国になればなるほど、国をまとめるのは容易ではないのだとアリソンは言った。

——ローズ様。マルタン大国の王太子殿下をお選びになったということは、あなたはゆくゆく上に立つ人間になるということです。マルタン大国の歴史を学び、国民性を学び、そして周囲の言葉に耳を傾け、国王となるラファエル様を支えられるようにならなければなりません。ローズ様を取り巻く環境は百八十度変わり、その細い肩には重圧がのしかかることでしょう。あなたはその一挙手一投足を常に見られ、周囲から評価を受ける立場となるのです。相応の覚悟は、必要となりますよ。

見送りに来てくれたアリソンに別れ際に言われた言葉。アリソンが言いたかったことを、ローズはまだ、半分も理解できていない。ローズは自分にラファエルを支えられるほどの技量があるとは思っていないし、疎まれ無視され続けてきたローズが注目を集めることは想像できない。

でも、一つだけ。

ローズを愛してくれて、グリドール国から解き放ってくれたラファエルのために、できる限りのことをしたい。その気持ちだけは、覚悟だけは、持っている。

（ゴミが落ちていない、すごく綺麗な道。人々の顔も明るいし、人通りも多いわ）

マルタン大国がどんな国か、ローズは下船してからこの十日間、目に焼き付けるようにしてその様子を記憶した。早く国の様子に慣れなくては。戸惑ってばかりではいけないのだ。

そして思う。ゴミの少ない道。人々の笑顔。少なくとも見て回った場所はどこも治安がよく人々が平和に暮らしているのだと。

物乞いをする路上生活者がいない。子供が平然と子供たちだけで遊んでいる。犯罪抑止のため町の警備兵たちが定期的に巡回していて、人々は楽しそうに彼らと語らいあう。当たり前に思えて、どれも当たり前でない光景。昔は内乱が多かったというマルタン大国だ。ここまでの平和を築き上げるのに、一体どれだけの努力と時間を要したことだろう。

ラファエルの手を取った瞬間、ローズもこの平和を守る立場になったのだと、窓の外を眺めながら改めて思った。

「ローズ、もうすぐ城につくよ」

ラファエルに言われて、ローズは緊張で震えた。

これからローズはラファエルの父、国王アルベリクに謁見するのだ。

マルタン大国は、城の隣に王宮を構えている。城は国政の場所、王族の住居は王宮と分けられているそうだ。ラファエル曰く、アルベリク国王に謁見した後は王宮に部屋が用意されるはずだから、王宮の管理をしている王妃――ラファエルの母ジゼルに会うことになるらしい。

（ラファエル様のご両親……！）

緊張で手に変な汗をかいてきた。

（嫌われたらどうしよう）

好きな人の家族には好かれたいと思う。けれど、実の両親にすら愛されなかったローズだ。不安の方が大きい。

「ローズ、そんなに顔を強張らせなくても、父にも母にも事前に知らせてあるから大丈夫だ。たとえ何かあったとしても、俺が全力で守るからね。ミラもいるし」

「そうですよ、ローズ様！　わたくしが身を挺してでもお守りいたしますからご安心ください！」

「……君たち、あきれるくらい過保護だね」

ラファエルとミラを見やりながら、セドックがやれやれと肩を落とす。

「当たり前だろう。父上はともかく、母上は厄介だ。文句は言わせないが、余計なちょっかいを出してこないとも限らない」

「叔母上か。だがあの人は無茶な要求をするような人じゃないだろう？」

「それが無茶かそうじゃないかは関係ない。余計な口を挟まれるのが嫌なんだ。……それにもう一人、面倒な人間がいるからな。心配だからいっそローズは俺と同じ部屋――」

「結婚前に同じ部屋を使うなんて無理に決まってるだろ。それこそ叔母上が許すものか。それに、いくらブランディーヌ王女でも、他国の王女相手にちょっかいを出すようなことはしないだろう」

「だといいがな」

ラファエルは腕を伸ばしてローズの手を取ると、きゅっと握りしめた。

「ローズ、少しでも嫌な思いをしたらすぐに言うんだ。いいね？」

心配そうなラファエルを見て、ローズはセドックが言った通り、少々過保護すぎやしないかと苦笑したのだった。


馬車が城の前で到着すると、ローズはラファエルの手を借りて馬車を降りた。

見上げた城は、ほかの町で見た城と同じように、半円の形をした屋根をしている。城を囲むように四本の尖塔が建っていて、その先にはマルタン大国の国旗が揺れていた。

ローズがアルベリク国王と謁見する間、ミラは城の客室にて待機だ。謁見後、ミラはローズと一緒に王宮へ向かうことになっている。

セドックはラファエルの留守中にたまった仕事を確認してくると言って、一足先に城の中へ消えていった。

(落ち着いてわたし。こういう時は深呼吸……)

城の玄関に立っただけですでに心臓がバクバクしはじめた。

ラファエルにエスコートされながら、ローズはアルベリク国王が待つ謁見の間に向かうため、胸に拳を当てるマルタン大国流の敬礼の形を取る警備兵に見守られながら玄関をくぐった。

玄関をくぐってすぐに驚いたのは、吹き抜けになっている天井が恐ろしく高いことだった。

天井には青を基調としたモザイク画が描かれていた。マルタン大国は太陽神を信仰しているから、青空と太陽を描いているのだろうと推測する。

「広いですね」

「広いだけだよ。主に執務のための部屋と、来賓のための客室が準備されているだけだから、生活感がなくて殺風景だし、あまり面白みはないと思うよ」

そうは言うが、廊下の壁に飾られている絵や、明るい色彩の壺、磨き抜かれて鏡のような床、どれも驚くべき荘厳さである。

「滑らないように気を付けて。二階は絨毯が敷かれているんだけど、一階の廊下は大理石のままだからね。雨の日とかうっかり滑りそうになるときがあるんだ」

実用性より景観を優先し、一階の床や廊下には絨毯が敷かれていないらしい。

広い玄関を進み、壁に沿って左右から円を描くように作られている中央階段を上る。滑って落ちたら命にもかかわるので、階段はむき出しの大理石ではなく、赤い絨毯が敷いてあった。

中央階段を上ってすぐに、謁見の間がある。

「緊張しなくていいよ。父上と、あと側近しかいないはずだから」

ローズが怯えないように、大臣以下、城で執務にあたっている人間は入れないようにと事前に連絡を入れておいてくれたらしい。

「ローズの顔見せの機会はそのうち設けようと思うんだけど、ここでの生活に慣れてからの方がいいだろう？」

ローズがすごしやすいように、ラファエルはいろいろ手を回してくれているようだ。

「ありがとうございます」

ラファエルの細やかな気遣いにローズが微笑めば、彼はにこりと微笑み返してくれる。

（こんなに気を回してくれているんだもの、ラファエル様をがっかりさせないように、陛下への謁見は失敗しないようにしなきゃ……！）

兵士の敬礼作法が違うように、グリドール国とマルタン大国ではカーテシーの作法も少し違う。

ドレスの裾を軽くつまみ、顎を引いて、けれども視線は前を向いたまま片足を下げて軽く膝を折るのがグリドール国のカーテシーだが、マルタン大国は片手を胸に当てて視線をわずかに下げる。

視線を合わさないことは、相手へ「敵意はありません」と伝える意味があるのだ。

ラファエルとともに謁見の前に入ると、最奥の玉座に壮年の男性が座していた。ラファエルよりも少し薄いシトリン色の髪に、同じくザクロ色の瞳をしている。ラファエルが三十年ほど年を重ねたら同じような外見になるだろうとすぐに想像できるほど、アルベリク国王とラファエルはよく似た顔立ちをしていた。

「長い休暇期間は充分に楽しんだようだな、ラファエル」

ラファエルが帰還の挨拶をするとすぐに、アルベリク国王が苦笑しながらそう返した。

「ええ、おそらく人生の中で一番充実した休暇でしたよ」

「私にしてみれば想像だにしていなかった報告ばかりで、気が気でなかったがね。それで、そちらがラファエルが見初めたローズ王女殿下かな？」

アルベリク国王の視線がローズに移った。

ローズは短い期間にアリソンから叩き込まれたマルタン大国流のカーテシーで応じる。

「お初にお目にかかります、アルベリク国王陛下。グリドール国第二王女、ローズと申します」

ローズが完璧にマルタン大国のカーテシーを披露すると、国王をはじめ彼のうしろに控えていた側近二人も目を丸くした。ラファエルも「どこで覚えたんだろう」と驚いた顔でローズを見る。

「ラファエルからは、純粋で優しくおっとりしていて天使のように可愛い女性だと報告があったが、どうやらそれだけではなさそうだね」

「父上！」

暴露されて、ラファエルが顔を赤く染めてアルベリク国王を非難する。

ローズも真っ赤になると、アルベリク国王がクックッと喉を鳴らして笑った。

「いやいや、可愛らしいね。ラファエルが夢中になった女性はどんな子だろうかと思ったが、なるほどわかった気がするよ」

「父上、余計なことは言わなくて結構です！　事前に報告した通り、俺はローズと婚約しますからそのつもりでお願いしますね」

「はいはい。そう噛みつかなくても、反対したりしないよ、私はね」

「……『私は』？」

ぴくり、とラファエルの形のいい眉が跳ね上がる。

「どういうことですか？」

「さて、あれもはっきりと考えを口にしないからわからないが、あれからの伝言だ。『ローズ王女には城の部屋を準備させます』だそうだよ」

「な――」

ラファエルが絶句し、ローズも思わず瞠目した。ラファエルの話では、ローズは王宮に部屋を用意されると聞いていたからだ。

しばし絶句していたラファエルが、目をつり上げて国王に噛みついた。

「ローズとの婚約は父上も許可しましたよね？　それなのにどういうことでしょうか？　それとも

何か文句でも？　母上がそのつもりなら真っ向から受けて立ちますよ!?」

アルベリク国王が「あれ」と呼んだのはラファエルの母ジゼル王妃のことだったようだ。

（もしかしなくても、わたし、王妃様に歓迎されていない……？）

途端に不安を覚えて、ローズはそっと胸の上を押さえる。

理由はわからないが、ローズはジゼル王妃に嫌われたのかもしれない。

王妃は国王や王太子に次ぐ権力者だ。王妃に嫌われたら、最悪ラファエルとの結婚話が白紙に戻るかもしれなくて――思わず不安で泣きそうになるのを、ローズは唇をかむことで必死に耐える。

ローズが泣くのを我慢している目の前で、ラファエルとアルベリク国王の応酬は続いていた。

「あれにもあれの考えがあるのだろう」

「レアのときには口出ししなかったじゃないですか！」

「ええい、うるさい！　婚約を反対すると言っているわけではないのだから少しぐらい冷静にならんか！　いいか、わかっていると思うが王宮のことは王妃の管轄だ。私やそなたが好き勝手な主張を押し通せば王宮の秩序が乱れる。あれも理由なく反対するようなことはせぬはずだから、おそらく一時的な措置だろう。王太子の正式な婚約者を迎え入れるとなると、相応の部屋を用意せねばならぬし、準備期間がほしいだけではないのか？」

「だったらその準備とやらが整うまで、俺も城で生活します」

（え!?）

ローズはびっくりした。

王族の居住場所が王宮である以上、ラファエルもそちらに部屋を持っているはずだ。それなのに、ローズに合わせて城で生活するという。

さすがにそれはまずいのではと思ったが、アルベリク国王はあっさり許可を出した。

「好きにしろ。どの道、そなたにはやってもらいたいこともあることだしな」

「やってもらいたいこと？」

ラファエルのザクロ色の瞳に警戒の色が宿る。

嫌そうな顔をしたラファエルに、アルベリク国王はさも当然のことのように言った。

「一か月以上遊んでいたんだ。戻って来たからにはしっかり働いてもらうぞ」

「何をさせるつもりですか」

「レオンス殿下には船の中でお会いしたのだろう？」

ローズはラファエルとアルベリク国王の話を聞きながら、ブロンデル国王太子レオンスの姿を思い浮かべる。淡い茶色の髪に青灰色の瞳をした、優しそうな青年だった。マルタン大国に行くと言っていたので、ローズとラファエルがのんびり観光を楽しんでいる間に、城に到着しアルベリク国王への謁見をすませていたのだろう。

「レオンス殿下が何か？　というか殿下はいったい何をしに来たんですか？」

「停止中の国交の再開の協議のためだ。しかし、今のままではブロンデル国と我が国の主張は平行線のままで、話し合いは先に進まぬ。そなたを本件の責任者に任ずるゆえ、うまくまとめてみせろ」

「無茶言いますね」

「王太子だろう。そのくらいやってみろ。どちらにせよ、本件はそなたとそしてレオンス殿下が王位を継いだ時にも関わる問題だ。互いに国の頂点に立つ者同士、己の治世で互いにどうかかわっていくのか、そなたらで話し合い決めればよかろう」

「うまく言ったつもりかもしれませんが要するに丸投げじゃないですか」

ラファエルが額を押さえて嘆息した。

「どう転んだって知りませんよ」

「ああ。ただし、これ以上悪化はさせるな」

「わかっています」

アルベリク国王は満足そうな顔で頷き、ローズに笑顔を向けた。

「ローズ王女。ラファエルはいろいろ面倒くさい性格だが、よろしく頼む」

「は、はい！　こちらこそ、不束者（ふつつかもの）ではございますが、これからどうぞよろしくお願いいたします」

ローズは慌てて背筋を正し、頭を下げた。

面倒くさいは余計だとラファエルが憮然とした面持ちで文句を言って、アルベリク国王の許可を得てローズの手を引いて退出する。

謁見の間の外では、事前にアルベリク国王の指示があったのだろう、一人の女官が待っていた。

「お部屋にご案内いたします。侍女の方はお先にご案内しておきました」

ラファエルとともに女官のあとをついて行きながら、ローズは改めて覚悟を決める。

（もし歓迎されていないのだとしても、歓迎されるように頑張らないと……！）

不安だけれど、ここで逃げるわけにはいかない。ローズはラファエルと一緒にいたいのだから。

（それに、わたしは一人じゃないもの）

つながれたラファエルの手の暖かさを支えに、ローズは何度も「頑張ろう」と自分に言い聞かせたのだった。

二、婚約者は試される

「こちらが、ローズ王女殿下のお部屋になります。それから……」

「俺の部屋はローズの隣に用意してくれ」

ローズを部屋まで案内してくれた女官が続いて何かを言いかけたが、ラファエルに遮られて女官は驚いたように目を見張った。

「殿下も、ですか？」

「陛下からは許可を得ている。ローズの部屋が王宮に整えられるまで、俺もここで生活することにした」

「か、かしこまりました」

女官は戸惑った表情で一礼すると、急いで隣の部屋の準備へ向かう。

女官が部屋を去ると、部屋の中で荷物の整理をしていたミラが待っていましたとばかりに口を開いた。

「ラファエル殿下、これはどういうことですか？　ローズ様のお部屋は王宮に用意してくださるのではなかったのでしょうか?」

「ミラ、落ち着いて」

不満そうな顔でミラがラファエルに食ってかかるのを、ローズは慌てて止めた。

「すごく素敵なお部屋よ。こんな素敵なお部屋を用意してくださったんだもの、文句を言うのはおかしいわ」

「確かにお部屋は素敵ですけど……」

客室の中でも上等な部屋を用意してくれたのか、部屋は広くて調度品も豪華だ。女性が泊まることを想定して作られた部屋なのだろう、淡いクリーム色の天蓋(てんがい)付きのベッドは大きくて、可愛らしいクッションがたくさん置かれている。カーテンも明るい桃色で、白い絨毯はふかふかしていた。

バスルームのほかにも続き部屋があって、そこはミラの控室として使用するようだが、その部屋も広くて可愛らしい作りである。

花柄のカバーがかけられた猫足のソファが可愛くて、ローズがふにゃりと顔を微笑ませると、ミラは「まあ、ローズ様がお気に召したのならいいですけど」とぶつぶつ言いながら荷物の片づけを再開した。

「悪いな、ミラ。王妃が口を出したみたいなんだ。出来るだけ早く王宮に部屋を準備させるから、しばらくここで我慢してくれ。ローズ、足りないものはあるかな? 必要なものがあれば何でも用意させるから遠慮なく言ってくれ」

自分のことのように怒るミラに苦笑してから、ラファエルはローズに訊ねる。

ローズは部屋の中を見渡して、軽く首を傾げた。

「充分すぎるものをご用意くださっていますし、特には……」

「先ほどバスルームを確認いたしましたところ、ソープはございましたが入浴剤がございませんでした。ご準備いただけるのであればいただきたいです。それから、お茶やお菓子がほしいときはメイドの方に頼めばいいのでしょうか？　メイドをあまり呼びつけない方がよろしいのでしたら、わたくしが準備いたしますので茶葉などをいただけますと幸いです」

ローズが「なにもない」と言い切る前に、ミラが口を挟んだ。ミラはすでに部屋の中を確認ずみで、追加で必要そうなものをピックアップしていたらしい。

「入浴剤か。それならばあとからいくつか持ってこさせるから好みのものを選んでくれ。それから、お茶やお菓子は好きな時にいつでもメイドに頼んでくれていい。部屋でお茶の準備をするなら火がいるだろうが、この国は暑いし乾燥しているから、冬の時期を除いてあまり部屋では火を焚かないのが決まりなんだ。昔よくボヤ騒ぎを起こしていたことが原因なんだが」

「なるほど、そういうことならば了解いたしました」

「ボヤ？」

ボヤとは何だろうかとローズが首をひねると、ラファエルが「小さな火事のことだよ」と教えてくれる。

「小さな火事のことをマルタン大国ではボヤと言うんですね」

「いや、たぶんグリドール国でもそう言うと思うよ」

「そうなんですか？」

知らなかったと目を丸くするローズに、ラファエルがくすくすと笑う。

「ローズは意外と物知りなのかと思ったけれど、こういうことには詳しくないんだね」

揶揄い口調で言われて、ローズは恥ずかしくなって両手で頬を押さえた。

「そ、そうかもしれません。本で読んだり乳母から教えられたことは頭に残っているんですけど……それ以外はあまり」

「ローズ様は世間のことに疎いですからね」

ミラの言う通り、閉じ込められて育ったローズは、普通に生きてきたら耳にしたり目にしたりすることがよくわからないときがある。早く覚えなくてはと思うものの、こういうものはすべて経験がものを言うので、一朝一夕(いっちょういっせき)で手に入る知識ではないのが困りものだ。

ラファエルがなるほどと頷いて、ローズをすっぽりと抱きしめた。

ミラがいる前で、とローズは顔を赤くしたが、ミラは心得たもので、特に気にした様子もなく黙々と作業を再開する。

「ローズは今のままでも充分に可愛いんだけど、そういうことなら君自身が困るだろうね。何かあればすぐに言ってくれ。何でも教えてあげるよ。でも、俺以外に訊くのは禁止。君はぽやぽやすぎていて、すぐに誰かに攫われてしまいそうだからね」

「ぽやぽや……」

「おや、その単語の説明が必要かな？」

「いえ、大丈夫です、わかります！」

ただ、ラファエルに「ぽやぽや」と言われるほどぼんやりしているだろうかと疑問を持っただけだ。

（しっかりするように気を付けていたのに、まだまだ及第点じゃないみたい）

ローズはがっくりと肩を落とした。

（ラファエル様に「ぽやぽや」と言われないように、しっかりしなきゃね）

そう決意したところで、これは知識に起因するのではなく性格に起因するものなので、どれだけ頑張ろうとも無駄な努力なのだが、ローズがそれに気づくのは、もっとずっと先のことになるのだった。


ミラが持って来た荷物を部屋に片づけ終わったところで、女官がラファエルの部屋の準備が整ったと報告に来た。

ラファエルは部屋を確認した後で、アルベリク国王から与えられた仕事に着手するため、執務室へ移動するらしい。

「長旅で疲れただろう？　ローズはゆっくりしていていいからね。夕食の時にまた戻って来るよ」

ローズの頬を軽く撫でてラファエルが部屋から出ていくと、ローズは急に淋しくなってきた。このところ寝る時以外ずっとラファエルがそばにいたからかもしれない。

「お飲み物をご用意させますね。それから後程、ローズ王女殿下の侍女が挨拶に来ますので、ご対応よろしくお願いいたします」

「ちょっと待ってください」

女官がにこやかに告げると、ミラが険しい顔で待ったをかけた。

「ローズ様の侍女はわたくしです。新たにご用意いただく必要はございません」

ミラはローズの周りに人を近づけたがらない。グリドール国では、ローズは使用人にすら「不義の子」として下に見られていたので、ローズの周りに悪意を持った人間が近づかないようにミラは気を張ってくれていたのだ。

(でもここはマルタン大国だし、ミラ一人だと大変だと思うの)

ミラもマルタン大国についたばかりでこの国の勝手はわからない。早くこの国の文化に慣れるという意味でも、この国の人を侍女として用意してもらえるのはありがたいのではなかろうか。

「ミラ、せっかくだしお言葉に甘えましょう？　ミラも一人では大変だと思うし、侍女が増えると助かるでしょ？」

「そうは言いますけどローズ様」

「申し訳ございませんが、このあとに参る予定の侍女は王妃殿下が選定したものですので……」

女官が困った顔で言葉を濁す。王妃が選定した侍女ならば、ローズたちには拒否権はない。ミラも諦めたようだ。

「わかりました。ただ、ローズ様の身の回りのものは必ずわたくしに許可を取ってから触るようにしてください。それでもかまいませんか？」

「伝えておきましょう」

女官がホッとした表情で、「それではお茶を用意させてきますね」と言って去っていく。

「ミラ、そんなに警戒しなくてもいいんじゃないかしら？」

「いえ、ローズ様。勝手がわかるまで、グリドール国にいたとき以上に用心しなければいけません」

「どうして？」

「ローズ様はラファエル殿下が唯一の妃として迎え入れる方ですから。側妃であればここまで用心する必要はなかったかもしれませんが、正妃でしかも唯一の妃となれば話は別です。面白く思わない人たちから狙われることもあるかもしれませんから」

（そういうものなのかしら？）

こういうところが世事に疎いと言われる所以(ゆえん)なのだが、そうとは知らないローズは、そこまでの警戒の必要はないように感じる。

「何があってもいいようにお母さんに習ってマルソール語をマスターしてきましたから、ローズ様はできるだけわたくしの側から離れないでくださいね」

母のアリソン譲りで頭のいいミラは、ローズがまだ読み書きだけしかできないマルソール語を、会話レベルでマスターしているようだ。さすがである。

「ローズ様はわたくしが守ります」

そう息巻くミラはとても頼りになるのだが、無理をしすぎないかどうかだけが心配だ。

女官の指示でメイドがお茶とお菓子を運んでくる。

運ばれてきたのはスパイスのきいたミルクティーと、以前プリンセス・ローズ号がプリンセス・レア号という名だった時に船内でラファエルが用意してくれたお菓子だった。薄い生地を何層も重ねて、生地と生地の間に細かく砕いたナッツを挟んで焼き上げたあとで、シロップにつけた甘いお菓子である。

メイドたちが毒見もかねて、その場でお菓子を一つ口に入れて、ミルクティーを啜った。正直、ローズはそんなことをさせるのが申し訳なかったが、日陰者として誰からも相手にされなかったときと違い、こういうことにも慣れなければならないのだと改めて思い知る。

メイドたちが去ったあとで、ローズはさっそくお菓子を一つつまんだ。このお菓子はフォークを使わず手で食べるのだ。噛むとナッツの香ばしさと、じゅわっと溢れ出る甘いシロップが口いっぱいに広がる。お菓子と一緒に用意されていた濡れタオルで指先を拭い、ローズは幸せな甘さにうっとりした。

「わたし、このお菓子が好きだわ」

「確かに美味しいですね。わたくしには少し甘いですけど」

そう言いながら、ミラが甘さ控えめのミルクティーに口をつけた。

ミラと二人、旅で疲れた体を癒すようにのんびりとティータイムをすごしていると、コンコンと扉を叩く音がした。

ミラがソファから立ち上がり、扉の外を確認しに行く。

「ローズ様、侍女の方がいらっしゃいました」

ミラがそう言いながら連れてきたのは、灰褐色の髪に黒い瞳の二十歳くらいの女性だった。キリリとした表情を浮かべて、ローズに向かって隙のないカーテシーで挨拶をする。

「ニーナと申します。王妃様の命で本日からローズ王女殿下付きの侍女となります。よろしくお願いいたします」

「こちらこそよろしくお願いいたします」

「わたくし相手に頭を下げてはなりません。それから侍女相手に敬語を使っては侮られますよ」

ローズが立ち上がって、ニーナに向かって頭を下げようとすると、その前にニーナがぴしゃりと言い放つ。ニーナのうしろで、ミラが怖い表情になったのがわかって、ローズは内心でひやりとし

た。

（ミラ、この程度のことで怒らないで！）

注意されるようなことをしたローズが悪いのだ。

「ニーナ、今、ミラと一緒にお茶をしていたの。一緒にいかがかしら？」

場を取りなそうとローズが訊ねるも、「いえ、結構です」とニーナはつれない。

ミラがどんどん怖い顔になって、ローズはおろおろした。

（どうしましょう！　ここでミラとニーナが喧嘩になったら大変だわ……！）

ミラは短気なところがあるのだ。特にローズが関わるとそれが顕著になる。何とかしてミラをなだめなければと思うのだが、それに気づかないニーナはさらに爆弾を落とした。

「王妃様からのご伝言を申し伝えます。明日から、ローズ王女殿下の教育が開始されます。教師が一名派遣されますので、以後、教師の指示に従って学習を始めてください」

「なんですって？」

ついに我慢の限界に達したのか、ミラが低い声を出した。

「ニーナと言いましたね。到着早々なんなんですか、いったい。教育？　ローズ様に教育が足りていないと、そう言いたいんですかね？」

「ミラ！」

「グリドール国とマルタン大国では勝手も違います。覚えていただくことは多岐にわたるのです。

ラファエル殿下の婚約者となられたからには、そのくらいの覚悟はお持ちかと思われますが？」

ニーナも負けていない。真顔でミラを見つめ、平然と言い返した。

（ひえ！）

これは大変だ。会って早々に険悪な雰囲気が漂いはじめたミラとニーナに、ローズは青くなった。

「ミラ、ニーナが言うこともっともだと思うわ！」

「ローズ様、でも」

「これからマルタン大国でお世話になるんだもの、きちんと学ぶことは大切だと思うの」

「そうであっても、言い方が……」

じろりとミラがニーナを睨むと、ニーナは小さく息をつく。

「言い方が気に入らなかったのであれば謝罪いたします。ただ、先ほど申したことは決定事項ですので、受け入れていただかなくては困ります」

「ええ、もちろんよ。いいわよね、ミラ？」

「ローズ様がそう言うなら……。でも、今のはローズ様も怒っていいことだと思いますよ」

口ではそう言いつつも納得いかないのか、ミラの顔はまだ険しい。

ローズはミラをなだめるため、にこりと微笑んだ。

「だって、ミラが代わりに怒ってくれたじゃない。だから充分よ」

「ローズ様……」

感動したミラが、ひしとローズを抱きしめる。

ようやく落ち着いたとホッとしながらミラをぎゅっと抱きしめ返したローズは、ニーナがそんな二人を見て嘆息していたことには気が付かなかった。


「教育係だって？」

夕食の時間になってローズの部屋を訪れたラファエルは、明日から教育係が来ることになったのだとローズが報告した途端、ぎゅっと眉を寄せた。

ラファエルとソファに座って話している間に、ミラとニーナが部屋の中に夕食の準備をしてくれる。ミラはニーナに対してまだ思うところはあるようだが、侍女同士が険悪だとローズが困ると言う結論に至ったようで、今ではそれなりに歩み寄ろうとしてくれていた。

ニーナは物事をはっきりと言う性分で、きつそうに見えるけれど、ローズに対して冷ややかというわけではない。王妃の侍女を務めていただけあって仕事も完璧で、細かいことにもよく気が付く。ローズもこの数時間で慣れてきたから、ミラもそのうち慣れるだろう。

運ばれてきた食事からいい匂いが漂ってきて、ローズがちらりと振り返れば、マルタン大国のカトラリーの扱いをミラに教えているニーナが見えた。

ローズがマルタン大国に慣れるまで、二人きりで食事をすることに決めたのはラファエルだ。

ラファエルはニーナを振り返り、詰問するような低い声で問うた。

「ニーナ、どういうことだ」

「王妃様がお決めになったことですから」

「余計なことを」

ラファエルが忌々しそうに舌打ちする。

「必要だと思ったことは俺が教えるから不要なのに」

「お忙しい殿下にお時間があるとは思えませんが」

ニーナがあきれ顔でそう返した。ローズもそう思う。ラファエルはアルベリク国王から仕事が与えられてとても忙しいはずだ。無理はしないでほしい。

食事の準備を終えると、ローズと二人きりになりたいというラファエルの主張を聞いて、ミラとニーナは控室に下がった。

席につけば、テーブルいっぱいにマルタン大国の料理が並べられている。

到底食べきれない量だったが、ラファエルは食べたいものだけ食べればいいと言ってくれた。残っても、使用人たちに下げ渡されるから無駄にはならないという。

「これは初めて見ました」

レレイバ港に到着してから十日ほどマルタン大国を観光したので、それなりにこの国の料理を口にしてきたけれど、まだまだ知らない料理がたくさんある。

「それはナスの中にトマトを詰めて煮たものだ。そっちは香辛料につけた鶏肉を焼いたもの。俺も作り方を知っているわけじゃないから詳しくは説明できないけど、そっちのナスはあっさりしているから、ローズが好きな味かもね」

「はい。美味しいです！」

煮てとろとろになったナスに、トマトの酸味がよく合う。ふにゃふにゃと笑うローズに、ラファエルは満足そうに微笑み返した。

「ローズは美味しそうに食べるから見ていて幸せな気分になるね。あ、このパンにはこの肉を挟んで食べると美味しいんだ。はい、あーん」

パンを二つに割って、間に肉を挟むと、ラファエルが笑顔でローズの口に近づける。

ラファエルと出会ってから、彼はいつもローズに食事を食べさせようとしていたので、彼から給餌されることにすっかり慣れていたローズは素直に口を開けた。

「ふふ、これがあるから君と二人で食事を取りたいんだよね」

ラファエルが上機嫌で、今度はロールキャベツのようなものを切り分けてローズの口へ運ぶ。見た目はロールキャベツだが、グリドール国のものとは味付けが違う。

次から次へと食べ物を口に運ばれて、ローズは必死になって咀嚼（そしゃく）した。飲み込めばすぐに次が運ばれるので、息をつく暇もない。

「むぐむぐ、ラファエル様も、ごはん……」

「ちゃんと食べるから心配はいらないよ。お腹の具合はどうかな？　そろそろスイーツの方がいいかな？」

だいぶお腹がいっぱいになったローズがこくこくと頷くと、ラファエルがデザートを手に取った。米をミルクで甘く煮込み、そのあとで焼き上げたプティングのようなものだ。とろりとした優しい甘さがたまらない。ローズがぺろりとそれを平らげると、ラファエルが最後に口に運んだのはマカロンだった。

「ローズはマカロンが好きだから用意させたよ」

ローズはすでに満腹だったが、マカロンを近づけられて反射的に口を開けた。カシュッととろけるような甘さにうっとりする。

ローズがマカロンを食べ終えたあとで食後のお茶に手を付けると、ラファエルがようやく自分の食事をはじめた。

（わたしに食べさせずに、食べればいいのに）

そう思うものの、ローズに食事を運ぶラファエルが楽しそうなのと、ローズもなんだかんだと彼に給餌されるのは嫌いではないので、二人きりの時の食事は結局いつもこのような感じになる。

食事を終えたラファエルが使用人を呼びつけて片づけを命じ、ローズを連れてソファへ移動した。当たり前のようにローズを膝の上に横抱きにして、すり、とローズの藍色の髪にラファエルが頬を寄せる。

（疲れているのかしら？）

ローズに頬を寄せたまま黙り込んでしまったラファエルを見ながら、なんとなく思う。

暇さえあればローズを甘やかそうとするラファエルが、逆に甘えているように感じたからだ。

ローズがおずおずと手を伸ばして、遠慮がちに艶やかなシトリン色の髪を撫でると、ラファエルが気持ちよさそうに目を細めた。

「お疲れですか？」

「ん？　ああ、どうだろう。そうかもしれないな。父上から命じられたブロンデル国の件だが、問題だらけでね」

「そうなんですか？」

「うん、そうなんだ。父上は絶対面倒くさいから俺に押し付けたんだろうね。これで俺がへまをしたら、俺の評価はガタ落ちになるだろうし、頭が痛いったらない」

「そんな……」

ローズが思っていた以上に大変な問題だったようだ。

「わたしもお手伝いできればいいんですけど……」

「ありがとう。でも大丈夫だよ。父上に体（てい）よく押し付けられたことは気に入らないが、こういうのも王太子の仕事だからね」

ラファエルが顔をあげて、そっとローズの頬に唇を寄せた。

「こうして癒してくれるだけで充分だ」

一度離れた唇が、今度はローズの唇をかすめていく。

ボッと赤くなったローズを見て、ラファエルが楽しそうに笑った。

「君がいれば何だって頑張れそうな気がするよ」

ローズは赤くなった頰を押さえながら、でも本当にそれだけでいいのだろうかと自問する。

――マルタン大国の歴史を学び、国民性を学び、そして周囲の言葉に耳を傾け、国王となるラファエル様を支えられるようにならなければなりません。

(ラファエル様は有能な方だから、わたしなんかの支えは必要ないのかもしれないけど、でも……)

アリソンから言われた言葉を思い出して、ローズはラファエルに気づかれないように、そっと小さく嘆息したのだった。

☆

次の日、ニーナから聞いていた通り、ローズの元に教育係のダリエ夫人がやってきた。

赤茶色の髪をきっちりとひっつめ、緑色の目の上には黒縁の眼鏡をかけている。神経質そうに見えるのは、キリリと細い眉をわずかに寄せているからだろうか。癖なのか、しきりに眼鏡のブリッジを押し上げる仕草をしていた。

「王妃様からローズ王女殿下の教育係に任ぜられましたダリエと申します。早速ですが、明日からの教育スケジュールを作成いたしましたのでお目通しくださいませ」

挨拶もそこそこに、ダリエ夫人がびっちりと書き込まれたスケジュールを手渡して来た。すごく細かく書かれているので、かなり練り込まれたものだろう。昨日の今日という短い時間で用意された細かいスケジュールにローズが感嘆していると、ローズの隣でそれを確認したミラが片眉を跳ね上げた。

「なんですか、これ。朝から晩まで休憩する暇もないじゃないですか！」

「ローズ王女殿下に覚えていただかなければならないことはたくさんございますから」

「だからって」

「ミラ、いいのよ。わたしだって、時間がないことはわかっているもの」

ローズは十七歳。ラファエルと正式に婚約した以上、どんなに先延ばしにしたところで数年先には彼と結婚することになる。その短い間に彼の妃として恥ずかしくないだけの教養を身につけなければならないのだ。

ローズの返答に、ダリエ夫人が意外そうに眉をあげてから、大きく頷いた。

「お判りいただけているようで何よりです。本日はローズ王女殿下の現在のレベルを把握するため、わたくしが用意したテストを解いていただきます。三十枚ほどありますので、今日いっぱいはこちらのテストだけで一日が終わるでしょうね」

「三十……！」

ミラがあんぐりと口を開けた。

「何か問題でも？」

「大ありです！　いくら何でも多すぎます！」

「一枚当たりの設問はそれほど多くございませんので、夕方には終わるはずです」

「ローズ様に夕方までずっとテストを受けていろと!?」

「ミラ、落ち着いて。ダリエ夫人が時間を割いて作ってくださったテストだもの、わたしに異論はないわ」

「ローズ様……」

ミラはまだ不服そうだが、ローズがいいならばと口をつぐむ。

(うーん、テスト中はミラに出て行ってもらっていた方がいいかしらね)

ミラがローズのために怒ってくれているのはわかるけれど、彼女が隣にいてはダリエ夫人もやりにくいかもしれない。

「ミラ、わたしがテストを解いている間、ニーナにお城や王宮での作法を聞いておいてくれないかしら？　そうしてもらえるととても助かるのだけど……」

ミラは嫌そうな顔をしたけれど、口をとがらせて頷いた。

「……わかりました。でも！　何かあればすぐに呼んでくださいよ？」

「ええ、約束するわ」

ミラがニーナとともに控室に下がると、ローズはホッと息をつく。

「ダリエ夫人、侍女が失礼しました」

「いえ、構いませんが……ずいぶんと過保護な侍女ですね」

「そうかもしれません。ミラは乳兄弟で、姉妹のように育ちましたから、わたしの姉のようなものなので」

「なるほど、それでですか」

ダリエ夫人が納得したと薄く笑う。無表情の時は神経質そうに見えたが、笑うと優しそうだ。

ローズが机につくと、ダリエ夫人が一枚目のテストをその上に置いた。

「それでは始めてください。三十枚あるので、途中の休憩時間も加味して、一枚当たり十分ほどで解いてくださいね。わからない問題は飛ばしていかないと時間が足りなくなりますよ」

時間を測ります、と言われて、ローズは急いでペンを手に取った。

☆

「いいか、時間が取れるのは一時間だけだからな？　一時間以内に戻ってきてくれよ」

セドックに念押しされて、ラファエルは執務室をあとにした。

向かうは、王族たちの居住場所である王宮である。

本日から、ローズに教育係がつけられるという。ゆくゆくはマルタン大国の王妃になる以上、ローズのためにも早いうちからこの国のことを教えるのは間違ってはいないだろう。だが、自分のあずかり知らないところで勝手に決められて、ラファエルは面白くない。

（母上め、余計なことを）

ラファエルの本音としては、ローズの身の回りのことは教育スケジュールも含めて全部自分が管理したかったのだ。相手が母親とはいえ、横やりを入れられて黙っていられるほどラファエルは人間ができていない。

セドックあたりは、初めて恋した女性に夢中になりすぎていると言うかもしれないが、ラファエルにしてみればそれの何に問題があるのかと反論したい。

だって、可愛くて可愛くて仕方がないのだ。誰が何と言おうと、ラファエルは全力でローズを可愛がり甘やかすと決めているのである。今後、ローズ以外に好きになれる女性など現れるはずもないと断言できるからこそ、ローズに嫌われないように全身全霊をかけて愛するのだ。それの何が悪い。

だから、母に余計なことをされて、ローズがこの国を嫌になったらと、ラファエルは気が気でないのである。

（これ以上口出ししないように念を押しておかなくてはな）

すでに教育係を手配された以上、どうしようもない。ここで取り上げれば逆にローズが不安に思うだろう。だが、これ以上は許せない。

王宮の玄関をくぐり、王妃が使っている部屋に向かってずんずんと廊下を進んでいると、ラファエルは前方から歩いてくる女性に気が付いて顔をしかめた。

（ちっ、面倒なのが……）

ラファエルは面倒ごとを避けるため、即座に迂回する道を選択したが、一歩遅かった。

「あら、ラファエル」

向こうがラファエルに気づいて声をかけてきたのだ。

こうなれば逃げることはできなかった。ラファエルは迂回を諦め、派手に波打つ銀髪に青い瞳の二つ年上の姉、ブランディーヌに向きなおる。

ブランディーヌは側妃エメリーヌの娘で、ラファエルとは異母姉弟にあたる。

幸か不幸か、王子は王妃の産んだラファエルとジョエルの二人だけということもあり、王宮内は面倒な世継ぎ争いもなく平和に保たれているため、同母の兄弟も、異母兄弟もあまり関係なく育った。

が、それと仲がいいかというのは、別の問題である。

少なくともラファエルは目の前のブランディーヌが苦手だし、正直あまり好きではない。

ローズと出会うまで、ラファエルは女性は多かれ少なかれ内面に毒を持っているものだと思っていた。加えて癇癪持ちで感情を優先して理論的でない。ラファエルにそのような女性に対する価値観を植え付けることになった一端がブランディーヌであり、この王宮だ。

できることなら心の平和のためにも視界に入れずにすごしたいところだが、ないがしろにしたらしたで、より面倒なことになることも経験則から学んでいる。

ゆえにいつものラファエルならば、相手の機嫌を損ねない程度に適当に相手をして去るのだけれど、今日は急いでいた。そして機嫌も悪かった。ブランディーヌの相手をしている暇はないのである。

「ねえ、ラファエル。ちょっと聞きたいことがあるのだけど」

猫なで声をだしながら、ブランディーヌがラファエルの腕を取った。甘えたようなしぐさにゾッとする。機嫌よさそうに甘えてくるときは、決まって面倒なお願い事があるときだからだ。

「王妃様から聞いたのだけど、レオンスが来ているんですって？」

妃や王女たちは、用事がない限り王宮から出ることはない。それは、外出が禁じられているわけではなく、高貴な女性はむやみやたらに異性の前に顔をさらすものではないという、マルタン大国の古い習わしの影響である。

もっとも、今ではそんな無意味な風習は廃れているのだが、平民に比べて王族や高位貴族には柔軟性が欠落しており、いまだにその考えに縛られている人間が多いのだ。自分は高貴で特別だから、姿を現したことに感謝しろと言わんばかりのその態度に、ラファエルがイラっとさせられたこともしばしばである。

姉は特にその傾向が強いので、王宮の外の様子に疎く、レオンスが王都に到着して十日も経っているというのに、つい最近までその情報を知らなかったようだ。

（ま、そちらの方が都合がいいんだがな）

レオンスと彼が連れてきたブロンデル国の外交官と話し合いが進んでいる国交改善問題は、楽観的に見積もっても難航している。ブランディーヌに興味本位で引っ掻き回されたくないのだ。

「レオンス殿下は確かにいらっしゃっていますけど、それが何か？」

「何か、ですって？」

ブランディーヌはきゅっと細い眉を不快そうに寄せた。

「レオンスが来ているのなら、どうしてわたくしのところに挨拶に来ないの？」

「は？」

「は、じゃないわよ。レオンスはわたくしの元婚約者よ。どうしてわたくしに会いに来ないの？挨拶に来るのが道理というものでしょう？」

（本気で言っているのか？）

ラファエルは唖然とした。

レオンスとブランディーヌが婚約を解消したのは、今から八年前のことだ。ブランディーヌが十三歳、レオンスが十七歳の時のことである。とある問題から両国間に亀裂が生じ、国交を断絶するとともに二人の婚約も白紙に戻されたのだ。

レオンスと仲のよかったブランディーヌは、婚約が白紙に戻されると聞いて荒れに荒れたが、両国の国王の決定が姉の癇癪でひっくり返るはずもない。

ラファエルは外交で他国に招かれたときや、国際会議などでレオンスと顔を合わせることがあったけれど、姉はこの八年、一度もレオンスに会っていないはずだ。それなのに何を今更、馬鹿なことを言っているのだろう。一国の王太子が、今では何の関係もない元婚約者に挨拶に出向くはずがないだろう。むしろ挨拶がしたいなら自分から出向くべきところを、偉そうに。

ブランディーヌの主張に嫌気がさして、ラファエルは乱暴に姉の手を払った。

「レオンス殿下は忙しいんです。姉上に構っている暇はないんですよ」

「なんですって?」

「殿下は遊びに来ているわけではないと言ったんです。そして俺も忙しい。わけのわからないことを言わないでほしいですね。それでは急ぐので」

「姉に対して、その口の利き方は何なの!?」

ブランディーヌが怒りで顔を真っ赤に染めて叫んだ。

(ああ、面倒くさい)

機嫌が悪くなればすぐに癇癪を起こす。そうして騒ぎ立てればこちらが言うことを聞くと思っているのだ。ブランディーヌは昔からそう。

(姉に対してと言うくせに、王太子に対してその態度が問題あるとは思わないんだな)

王太子の地位が与えられているラファエルは、国王に次ぐ権威が認められている。とはいえ、それで横暴が許されるわけでもないので、母や姉、父の側妃に対してそれなりに敬意を示し、不用意に逆らわないようにしているだけで、その気になれば今の発言をもとに姉を罰することだってできるのである。

(いい加減、立場の違いをわからせてやってもいいんだが、面倒くさいな)

姉を罰するのは簡単だが、そのあとに父や母が口を出してくるのは目に見えていた。基本的に面倒ごとは回避したいので、ラファエルは仕方なく苛立ちを抑えて慇懃(いんぎん)に姉に謝罪をする。

「口がすぎました。しかし、この件については父上からの命令でもあるのでね。言いたいことがあるなら父上へどうぞ」

父の名前を出すと、ブランディーヌが悔しそうに唇をかむ。弟相手には強く出られても、父親相手には強く出られないのだ。自分の行動で側妃である母エメリーヌの立場が危うくなるかもしれないことを危惧しているのである。

ラファエルから言わせれば、娘が多少反抗したところで、父がその母親である側妃への情を捨てることはないだろうと思うのだが、エメリーヌは身分ではなく王の愛情だけで側妃の地位が与えられたようなものなので安心できないのだろう。

ラファエルが通り過ぎようとすると、ブランディーヌがまたなにか騒ぎ出したけれど、これ以上はつき合っていられない。

足早にその場から立ち去ると、ラファエルは母が使っている王妃の部屋へ向かった。

扉を叩くと、ややして母ジゼルの侍女が扉を開ける。

のんびりとお茶を飲んでいたジゼルが、ラファエルの姿を認めるとニコリと笑った。

「あら。急にどうしたの？　びっくりしたわ」

（しらじらしいな。俺が来ることは予想できていただろうに）

姉ほどではないが、ラファエルはこの母も少し苦手だ。

ブランディーヌのように癇癪は起こさないが、ジゼルもあの手この手で自分に都合のいい主張を相手に飲ませる傾向にある。ジゼルのその性格が自分にしっかり遺伝していることに気づいていないラファエルは、ジゼルのことを「面倒くさい相手」として認識していた。

「せっかくだから、一緒にお茶でもいかが？」

「いえ、時間がないので結構です」

王妃が侍女に追加のお茶の用意を命じる前に、ラファエルはきっぱりとその誘いを拒絶した。

「あら、そう？　それで、何か用事があるのかしら？」

「察しはついているのでしょう？」

ラファエルはじろりとジゼルを睨みつける。

ジゼルは肩をすくめて、対面に座るようにと指先で指示を出した。

ラファエルが腰かけると、ジゼルは侍女たちを控室に下げて、面白がるように目を瞬く。

「どの件かしら？　ローズ王女の部屋を城に用意させた件？　それとも教育係の件？」

「両方ですが、一番気に入らないのは後者です」

王宮の件は、最悪どうとでもなる。このまましばらく城暮らしを続け、ラファエルが王位を継いだタイミングで王宮内を好きにすればいいからだ。

「あら、親切でしたことなのに」

「本気でそう言っているのならば軽蔑しますよ。俺に黙って試すような真似をして。俺が怒るのはわかり切っていたと思いますが？」

「ひどい息子ね」

ジゼルははあ、と息を吐いた。

「別に、親切というのは嘘でもないのよ？　教育は急いだほうがいいと思うし。ただ……」

ジゼルは頬に手を当てて、わざとらしく困った顔をした。

「ローズ王女のことはね、調べさせてもらったの。グリドール国で冷遇されて育ち、ろくな教育も受けていないのでしょう？　わたくしには、正直言って、ローズ王女がこの国の未来の王妃にふさわしいとは思えないのよね」

「それを決めるのは俺です」

「あら、ダメよ。だってあなた、ローズ王女にすっかり骨抜きにされているじゃない。今の状況で冷静な判断ができるとは思えないわ」

(余計なお世話だ！)

ローズのことを溺愛しているのは認めるが、仮にもラファエルは王太子だ。ただ可愛いという一点のみでローズを婚約者にしたわけではない。

いや、九割は可愛いくて愛おしいという一点のみで婚約者にしたが、ラファエルもローズならば大丈夫だと踏んだからである。

(ローズの素直さは美点だし、あれで頭の回転は悪くないんだ。第一、この国で求められる王妃の仕事と言えば王宮の管理くらいじゃないか)

強いて言えば、他国からの賓客の対応もあるが、それ以外に主だった仕事はない。政務も王妃の管轄外だ。

けれど、しないからと言って知識が必要ないわけでもないことは、ラファエルも知っている。だからこそ、不必要と断じて母から遣わされた教育係を追い返せなかったのだ。

ジゼルは優雅にティーカップに口をつけながら、しかし厳しめの口調で言った。

「わたくしはあなたの母として、そして王妃としてローズ王女を見極める必要があるわ。そして、もしもローズ王女が王妃として不適合だとわかった場合、ラファエル、あなたにはローズ王女とは別の女性を王妃として迎えてもらいます」

「ふざけないでください！」

「ふざけてはいないわ。それに、ローズ王女をあなたから取り上げると言っているわけでもないの。その時は側妃として娶(めと)ればいいじゃない。あなたのお父様もそうしているでしょう？」

「俺は側妃は娶りません」

王族は一夫多妻制が当たり前のこの国で、ラファエルの考えは間違っているのかもしれない。だがラファエルは昔からそう決めているし、ローズと出会ってからはより一層その気持ちが強くなった。ローズ以外いらない。ローズだけでいいのだ。

「話にならない！　俺の結婚問題は俺が決めます。父上からも婚約の許可を得ているのに、母上に反対する権利はありませんよ！」

「だから、反対と言っているわけでは――」

「失礼します！」

これ以上話しても無駄だと判断したラファエルは、苛立ちを隠さないままに王妃の部屋を出ていく。

「打算ではなく本心から女性を好きになってくれたのは嬉しいけれど、入れ込みすぎていて心配なのよ」

ばたんと閉まった部屋の中で、ジゼルが嘆息しながらそうつぶやいたのだが、そんなことはラファエルは知る由(よし)もなかった。

三、ローズの実力

「え？　スケジュールの変更ですか？」

ダリエ夫人が用意したテストを受けた翌日、ローズはきょとんと首をひねった。

朝食後、ラファエルが執務室へ向かって少ししてやってきたダリエ夫人が、困惑顔でローズの教育スケジュールを変更すると言ったのだ。

その横で、ローズに先立って新しい教育スケジュールを確認していたミラが満面の笑みを浮かべている。ミラ曰く、朝から晩までびっちりと組まれていたスケジュールは、午前中の二時間だけに減っているという。

（は！　もしかして、ラファエル様が何か言ったのかしら？）

その可能性に行きついたローズは慌てた。ローズの教育スケジュールに怒っていたミラを思えば、そのことを知ったラファエルが同じように怒っても不思議ではないのだ。この二人の怒るポイントは、妙に似ているところがあるのである。

「あの！　もしラファエル様が何かおっしゃられたのでしたら、わたしの方から説明しますから、無理にスケジュールの変更は必要ありません」

　しかしダリエ夫人は、ゆっくりと首を横に振った。

「そうではありません。スケジュールを変更したのは、昨日のテストの結果から再検討した結果、予定していた教育課程の大半が不要であるとわかったからです」

「不要、ですか？」

「ええ。昨日のテストですが、ローズ王女はほぼ満点だったのですよ。はっきり申し上げて、わたくしの予想の範疇を大きく超える結果でございました。語学だけでも、マルソール語以外に他国の言語を五つも用意していたのに信じられません。この国の歴史問題にも触れていたのにそれもすべて回答されていましたし、わたくし、夢でも見ているのかと思いましたわ」

「は、はあ、そうなんですか……？」

　ローズはますますわけがわからなくなって首を傾げた。

　正直に言えば、昨日のテストはローズにとって簡単すぎたのだ。実力を推し量るものだと言われていたから基礎的な問題なのだろうと勝手に解釈していたが、本当に実力試しのものだったらしい。

（困らせてしまったみたい……）

　こんなことなら、わざといくつか空欄で出した方がよかったのだろうか。

　ローズがそんなことを思っていると、ミラが勝ち誇った顔をして胸を張った。

「当然です！　ローズ王女は勤勉な方ですから！」

我がことのように自慢するミラに、ダリエ夫人が不思議そうな顔をした。

「勤勉ということは、グリドール国でどなたかに師事を受けられていたのですか？　わたくしは、どなたからも正式な教育を受けていないと聞いていたのですが……」

ダリエ夫人は、ローズが本当に何も知らない無知な人間だと思って、ラファエルと結婚するまでの限られた時間の中でできる限りのことを詰め込もうと考えてくれていたようだ。

「あの、正式な教育を受けていないという意味では、間違いではありません」

グリドール国では、ローズに教育係はつかなかった。だから、その情報が間違っているわけではない。

「教育を受けていないのにあの回答率はおかしいですよ」

怪訝(けげん)そうに眉を寄せるダリエ夫人に、ローズは困ったように笑う。

「ええっと、確かに教育係はつけられませんでしたが、わたしの乳母が聡明な人で、彼女からいろいろ教わっていたんです。ただ、マルタン大国に向かうことが決まってからこの国のことを教わりましたが時間がなく、本当に基本的なことしか学んでいないので、乳母からはそのあたりのことはしっかりとこの国の方に師事して学ぶようにと言われています」

「……その、乳母の方のお名前をうかがっても構いませんか？」

「ええ。アリソン・グローブ子爵夫人です。ミラのお母様でもあります」

「アリソン・グローブ……アリソン？」

ダリエ夫人は難しい表情で顎に手を当て、それからハッとしたように顔をあげた。

「その方の旧姓はジラールではありませんか？　ジラール伯爵令嬢……」

「あ、そうです。そうよね、ミラ？」

「はい、そうです。それが何か？」

急に母親の旧姓の話題が出て、ミラが訝しそうな顔をする。

「何か、ではありませんよ！」

ダリエ夫人は拳を握りしめて大きな声を出した。心なしか頬が紅潮している。

「アリソン・ジラール伯爵令嬢ですよ!?　ニーナ、あなたも知っていますね!?」

話を振られたニーナが、戸惑いつつも頷く。

「え、ええ。もちろん存じ上げています。アリソン・ジラール伯爵令嬢のお名前は有名ですから」

「有名、なのですか？」

「お母さんが？」

ローズとミラは顔を見合わせた。

「あの、どうして母がこの国で有名なのでしょうか？　マルタン大国には遠戚もおりませんし、母とこの国は関わりがないように思うのですが」

ミラが訊ねれば、ダリエ夫人がもどかしそうに「ああ！」と叫んだ。

「まさか実の娘であるあなたがジラール伯爵令嬢の功績をご存じないなんて！」

「功績？　お母さんがこの国で何かしでかしたんですか？」

ミラの顔が「やばい」と言うように顔をしかめた。

ローズはよく知らないが、ミラによるとアリソンは結婚し、王妃の侍女に抜擢されてからはおとなしくなったけれど、それ以前はあちこちでいろいろ「やらかして」いたらしい。

アリソンは伯爵令嬢でありながら、大学へ進学した才女だ。良家の令嬢が大学に通うことは、グリドール国ではすごく珍しい。そのため当時は周囲に嘲笑されたようだが、当の本人は周囲の評価などはねつけて、知的好奇心を満たすべくがむしゃらに学び続けた。

アリソンは、とにかく知的好奇心に抗えない性格をしているのだ。自分が興味を持ったものにすぐに頭を突っ込む癖があり、そして興味を持つ事柄は多岐にわたる。グリドール国でも彼女の知的好奇心のおかげで、医学や薬学が発展したという話を聞いたことがあった。知識欲に忠実なアリソンが、周囲の反対を押し切って医学が発展している国へ留学し、その国の知識をそっくりそのまま持ち帰ったからだ。

ほかにも文学や考古学、とにかくあらゆる分野でその名を残している。

ちなみに、王妃の侍女になったきっかけは、一般公開されていないグリドール城に保管されている貴重な蔵書を、王妃の許可を得て読み漁るためだったらしい。その後ローズの乳母に抜擢されて、なんだかんだとずるずる今日まで続けているそうだ。

（そう言えばミラが十歳くらいのころに、誕生日プレゼントが化石だったと言って渋い顔をしていたわね……）

ミラもアリソンに似て聡明だが、趣味は遺伝しなかったようで、母と話してもちっとも楽しくないという愚痴を聞いたことがある。

アリソンが独身時代にあちこちでやらかしたおかげで、ミラは「アリソンの娘」として周囲から過剰なまでに期待され、嫌な思いを味わってきた。

ここでもアリソンが何からやらかしたようだと、ミラが嫌な顔をしたけれど、興奮状態にあるダリエ夫人はそんなミラに気づかずにまくしたてるように続けた。

「ジラール伯爵令嬢は本当に素晴らしい女性です！　有名なのは、マルタン大国の古代遺跡の解明でしょうか？　ジラール伯爵令嬢は、今から二十五年ほど前、それまで誰にも解読できなかった古代遺跡の壁画の解読を行ったのです！　その後、短い間でしたが、王立学園でも臨時教師として教鞭(きょうべん)をとられ……そのときわたくしは、ジラール伯爵令嬢から学んだことがございます！　本当に夢のような時間でした。豊富な知識はもとより、学問に対する姿勢。あとにも先にも、わたくしはジラール伯爵令嬢より素晴らしい女性を知りません！」

「……はあ、お母さんってほんと、罪作り……」

こういうことは珍しくないのか、ミラが頭を抱えている。

ローズはダリエ夫人の熱弁に押されてたじたじだ。

そして何かを悟ったような目で、ダリエ夫人がふう、吐息を吐き出す。

「ジラール伯爵令嬢から教えを受けていたなんて……どうやらわたくしでは、ローズ王女殿下にお教えできることは少なそうです」

（え……）

それは困る。少なくともローズは、マルソール語を喋ることができない。最低限このあたりは早いうちから習得しておかなければのちのち困ることになるだろう。

（ほかにもいろいろ教えてほしいのだけど……）

すっかり、「わたくしの仕事はなくなった」と言わんばかりの顔をしているダリエ夫人に、ローズは途方に暮れてしまった。

☆

なんとかダリエ夫人を説得して、マルソール語の会話を中心に教えてもらえることになった翌日。

ローズは午後の余暇を潰すため、ニーナの案内で城の中を歩いていた。

午後をどうやって潰そうかと考えていたところ、ニーナに城の中のことを覚えてはどうかと誘われたのだ。

「見取り図はございませんので、目で見て覚えてくださいね」

そう言いながら、ニーナはまず、ローズに与えられている客室のある二階を案内してくれた。

国王や王太子をはじめ、文官たちが仕事をする執務室と客室は棟がわかれており、客人が好き勝手に執務棟に入り込まないよう、棟の入口には衛兵が常に立っているという。そこから先に進もうとしても衛兵に制止されるとは思うけれど、間違っても行こうとしないようにと釘を刺された。

「下手にそちらへ近づくと、間諜を疑われますから。少なくともラファエル様との婚儀が終わるまでは、執務棟にはお近づきにならないことをおすすめします」

ラファエルの婚約者の立場であっても、結婚前でまだ籍を移していないので、ローズの国籍はグリドール国だ。ローズもミラも、重要機密などが集まる執務棟に不用意に近付くとあらぬ嫌疑をかけられる可能性があるという。

「客室のある棟にはほかに、ティーサロンや図書室がございます。こちらは自由に出入りしていただいて構いませんが、現在ブロンデル国の王太子殿下ご一行もお泊りでございますので、それだけ念頭に置いておいてくださいませ」

「ブロンデル国の方々にはあまり近づかない方がいいということかしら？」

ローズは優しそうなレオンスの顔を思い浮かべながら問う。プリンセス・ローズ号の中では何度か顔を合わせて話をしたが、マルタン大国に到着してからはまだ挨拶もしていない。

ニーナは一瞬言葉に詰まり、困惑顔で首を振った。

「いいえ、そういうわけではないのですが。我が国とブロンデル国の関係には難しい問題がございますので、あまり親密になさるのはお控えいただけますと助かります。かといって邪見にしろと申していわけでもないのですが……」

関係改善のためにレオンスが来ている以上、相手に不快感を抱かせない程度には親切にしておく必要があるが、まだどちらに転ぶかわからない現状で深入りしすぎるのも問題、ということだろうか。

（国同士の問題があるのは、大変ね）

ローズはおっとりと頬に手を当てた。

レオンスはいい人そうだったし、ラファエルとも親しげだったからローズとしても仲良くしたい。だが、ローズはラファエルの婚約者なのでマルタン大国側の人間だ。相手がブロンデル国を背負っている以上、適度な距離感というものが大切である。

ローズはこれまで、国同士の込み入った事情を考えて生きてこなかったが、これからはそういうことにも配慮しなければならないのだ。

「おわかりいただけましたか？」

ローズが頬に手を当てたまま、ぽわんとした顔で頷けば、ニーナが不安そうな表情になった。

「ええ」

「そう、ですか？」

ニーナが「その顔で本当にわかっているんですか？」と言いたそうな顔をしたが、ローズにはどうしてそのような顔をされるのかがわからなかった。

「ローズ様がこういう表情をするときは、わかっていないのではなくて考えているときです」

ニーナの不安に気づいて、ミラがローズの隣で補足した。

ローズは気づいていなかったが、ミラによるとどうやら考え込んでいるときにぼーっとした表情をする癖があるという。

ラファエルが常日頃から、ローズはぽやんぽやんしていて可愛いと言うのが疑問だったが、どうやら少なくともその半分は、ローズが考え事をしているときの表情を指して言っていたようだ。

ニーナが念のためレオンスたちが泊まっている部屋の位置も説明すると言って歩き出すと、ローズはぽやぽやした顔のままついて行く。指摘されたところで、これぱかりは意識してどうこうできる問題ではない。表情を取り繕うことに集中したら、考え事に集中できないからだ。

（距離感って難しいわね）

ローズの頭の中は、レオンスとの「適度な距離感」がどの程度のものなのかという問いでいっぱいだった。

アリソンから机上で学べることはたくさん学んできたけれど、これまでろくに人付き合いをしてこなかったローズにとって、「適度な距離感」というものを理解するための具体例がないのである。それなりに他者と関わって生きてきた人たちならばすぐに察することができる内容でも、ローズには難問なのだ。

（あら？）

考え事をしながらニーナについて歩いていたローズは、緋色（ひいろ）の絨毯が敷かれた廊下の上に白いハンカチが落ちているのを見つけた。

「ニーナ、ハンカチが落ちているわ」

「お気になさらなくて結構です。掃除のメイドがそのうち回収するでしょうから」

「そうかもしれないけど……」

落とした人は探しているかもしれない。

ローズは足を止めて、ハンカチを拾い上げた。

「拾わなくてよろしいのに」

「落とした方が困っているかもしれないから」

嘆息するニーナに微笑み返して、ローズはハンカチを確かめる。上質なシルクのハンカチだった。落とし主の手掛かりはないだろうかとハンカチを調べると、隅の方に刺繍（ししゅう）が刺してある。

刺してあった刺繍は鷲を象（かたど）ったもので、鷲の下に文字も入っていた。

「レオンス殿下のものみたいね」

「どうしておわかりになったのですか？」

ニーナが不思議そうな顔をしたので、ローズはハンカチの刺繍を見せた。

「ブロンデル国の王太子殿下は、代々鷲の紋章を使うの。それから、ここにブロンデル語で『ロアノフ』と書いてあるから。『ロアノフ』はブロンデル国では王太子殿下を指すでしょう？」

そのため、レオンス・ブロンデルは、正式にはロアノフ・レオンス・ブロンデル。ロアノフが王太子を意味する称号になる。

ローズが説明すると、ニーナは目をしばたたいた。

「ブロンデル語にも精通していらっしゃったんですか……」

ブロンデル語はマルタン大国でも特にマイナーな言語だという。八年前に国交が停止し、それ以前もあまり盛(さか)んではなかったため、必要に駆られないから誰も学ばないらしい。

「精通しているわけではないわ。だって、読めるけど喋れないもの……」

ローズが恥ずかしそうに頬を染めると、ニーナが眩暈に耐えるように額を押さえた。

「なるほど、どうやらローズ王女殿下は、ほかの者と認識に相違があるようですね。一般常識で言えば読めるだけで充分すごいですよ。ちなみに、今後同じように驚きたくないので確認させていただきたいのですが、ほかにどんな言語を習得されているのですか？　あ、『読めるだけ』の言語で結構ですので」

「それなら……この大陸の言語はたぶん……」

「は？　全部網羅しているんですか⁉」

「こ、古語とかになると無理よ？　あとさすがに、少数民族の言語とかはわからないけど、そのほかなら普通に読むだけだったらなんとか……」

唖然とするローズの横で、ミラがどや顔を浮かべた。

「ふふん、当然のことです」

「ダリエ夫人が驚くはずですね……」

「そうは言うけど、ニーナ。わたしは読むことしかできないけど、ミラは大陸の半分以上の言語を会話レベルで習得ずみよ？」

「はい!?」

「ローズ様の侍女たるもの、当然のことです」

胸を張るミラに、ニーナが絶句してしまった。

（そうよね、そういう反応になるわよね？　だってミラはすごいもの！）

ミラのすごさに驚いてくれて、ローズは自分のことのように得意げになった。

「そんなの、下手な外交官の何倍も優秀じゃないですか。なんで侍女なんてやっているんです？」

「なんでって、ニーナはどうしてそんな当たり前な質問をするんですか？　侍女じゃなかったらローズ様の側にいられないじゃないですか。わたくしは一生ローズ様の側にいると決めているので」

「わたしも、ミラが側にいてくれて嬉しいわ」

「わたくしもローズ様のお側にいられて嬉しいです」

ふふふ、と顔を見合わせて微笑み合っていると、ニーナが遠い目になってしまった。

（こんなところで話し込んでしまったらだめよね？　ニーナが困ってしまったみたいだわ）

ローズはとりあえず、手元にあるハンカチをレオンスに届けることにした。

ニーナに案内されてレオンスの部屋へ向かうと、出迎えたのはレオンスの側近の一人だった。

『何かご用でしょうか？』

ブロンデル国に多い茶色の髪の側近は、どうやらブロンデル語しか操れないらしい。

すかさずミラが間に入って通訳を始める。

ミラによると、側近はダヴィドという名前らしい。レオンスは現在、執務棟でラファエルと国交改善に向けて会議中だという。

ミラがハンカチを拾ったから届けに来たことを告げると、ダヴィドはニコリと笑って丁寧にお礼を述べてくれた。

『レオンス殿下がお戻りになられたら、お礼にお伺いいたしますね』

「いいえ、廊下で拾っただけなので、お礼は結構ですよ」

ハンカチを拾っただけでお礼を言われるほどでもないと断り、ローズはレオンスの部屋をあとにする。

「ティーサロンにご案内いたします。ついでにそこで休憩いたしましょう」

レオンスの部屋を去るころには、ミラの実力を知ってショックを受けていたニーナも立ち直り、そう言いながら改めて城の案内を再開してくれた。

☆

翌日の朝、ダリエ夫人の到着が遅れると一報があったので、ローズはミラとともに城の庭を散歩していた。

当初計画していた教育内容から変更を余儀なくされたダリエ夫人は、ローズが希望するマルソール語の会話をメインに、教育内容を見直してくれている。

本日ダリエ夫人が遅れるのは、急遽(きゅうきょ)取り寄せた教材の到着が遅れているかららしい。

「神経質そうで感じが悪い方に思えましたが、ダリエ夫人は意外といい方ですね」

「ミラ、その言い方は……」

今日はニーナがいないのをいいことに、ミラが好き勝手なことを言う。ミラは口が悪いところがあるので、ローズはひやりとして慌てて周囲を見渡した。

離れたところに人影があるが、ここからだと会話の内容までは聞こえないだろう。

(まったくもう、ミラったら。誰かの耳に入ったらどうするのかしら)

ローズは付き合いが長いのでミラに悪気がないことくらいわかるが、ほかの人ではそうはいかない。ミラが咎められたら大変だ。

(それにしても、本当に素敵なお庭ね)

マルタン大国の城の広大な庭には、季節の花々が咲き乱れ、中央には大きな噴水がある。噴水の周りには背の高いソテツの木が植えてあった。ソテツは成長の遅い木だと本で読んだことがあるので、大きさから考えるとずっと昔に植えられたものなのだろう。

ソテツ以外には背の高い植物は見当たらず、城壁の門からまっすぐ伸びる石畳の両脇と噴水の近く、そしていくつか点在する四阿（あずまや）の近くに花壇があり、それ以外のところは芝に覆われている。

四阿は数人が入れる大きさのドーム状で、しっかりと日差しが遮られる作りになっていた。

石畳の道の脇の花壇を眺めながら歩いていたローズは、何気なく空を仰いで、雲一つない澄み渡った青空に今日も暑くなりそうだと苦笑する。

（この暑さで秋だって言うんだもの、夏はどのくらい暑いのかしら？）

来年の夏までにはマルタン大国の気候に慣れておかなくては。体調を崩してラファエルに迷惑をかけるわけにはいかない。

「当面はマルソール語の会話メインでしたよね？」

「ええ、そうみたい。早くマルソール語が喋れるようになりたいからとても助かるけど、ダリエ夫人はマルタン大国の歴史に造詣（ぞうけい）の深い方なのでしょ？　マルソール語を習得したら、そのあたりも教えてほしいわ」

「ローズ様そういうの好きですよね。歴史とか、神話とか。一番は恋愛小説なんでしょうけど。純情で、背中のあたりがむずがゆくなりそうなやつ」

「ミラったら、もう。恋愛小説、素敵じゃない」

揶揄われたのがわかって、ローズはちょっぴり拗（す）ねたように口を尖らせる。

ローズはグリドール国ではほぼ閉じ込められて育ったため、楽しみと言えば本を読むことくらいしかなかった。アリソンやミラが次々に本を用意してくれたから、ローズの読み終えた本の数は恐ろしいほどある。ミラはローズの好きな恋愛小説をメインに用意してくれたが、アリソンが用意する本には統一性がなく、手当たり次第という感じだった。そのおかげで、ローズは他国の歴史や神話にも詳しくなり、興味を持つようになったのだ。

「昨日ニーナに案内してもらった図書室に恋愛小説も置いてありましたから、空いた時間に図書室に通うのも悪くないかもしれませんね。ラファエル様は当分お忙しそうですし」

「そうね。ニーナも自由に入って大丈夫だって言っていたし、そうさせてもらおうかしら」

図書室には読み切れないほどたくさんの本があったので、時間を潰すにはもってこいだろう。

「ローズ様、恋愛小説を読んだらすぐに泣くんですから、図書室では気を付けてくださいね。ぼろぼろ泣きながら恋愛小説を読んでいるところを誰かに見られたら、笑われちゃいますよ？」

「もう、ミラ！　ひどいわ！」

「ふふふ」

楽しそうに笑うミラに、むぅっとした目を向けていると、遠くから「ローズ王女」と呼ぶ声が聞こえてきた。

顔をあげると、こちらに駆けて来る淡い茶髪の男性の姿がある。それはレオンスだった。供を一人もつけずにいるところを見ると、休憩中なのだろうか。

「おはようございます、レオンス殿下」

「おはよう、ローズ王女。会えてよかった。部屋に行ったら庭だって聞いたからね」

「まあ、それは申し訳ございません。ご足労を……」

「いやいや、事前にローズ王女の予定を確認しなかった私が悪いんだよ」

ローズは「ごめんなさい」と頭を下げようとしたが、レオンスに慌てて止められた。

「ダヴィドから、ローズ王女がハンカチを届けてくれたと聞いてね。お礼をと思って。あ、これ、こんなものしか手持ちになかったんだけど、よかったら」

「そんな、ハンカチを拾っただけですから……」

ハンカチを拾っただけなのにお礼の品なんてもらえない。ローズが断ろうとすると、レオンスが茶目っ気たっぷりに片目をつむった。

「マカロンだよ？　ラファエル殿下からローズ王女はマカロンが好きと聞いたから持って来たんだけど」

「マカロン……」

その言葉につられて、ローズはついちらっとレオンスの持つ箱に目を向けてしまった。そして慌ててぷるぷると首を横に振ると、レオンスがけたけたと笑い出す。

「ははは、ローズ王女は本当に可愛いなあ！」

「か、可愛くなんて……。あの、本当にハンカチを拾ってお届けしただけですから……」

「うーん、そしてなかなか頑固だね」

ローズがマカロンの箱を受け取らないでいるとレオンスは考えるように一度上を見てから、ニッと口端を持ち上げた。

「昨日のハンカチはね、何の変哲もないハンカチに見えても、私にとってとても大切なものだったんだ。昔、ある人からプレゼントされたものでね。その人が刺してくれた刺繍だから、世界に一つしかない貴重なものだったんだよ。ローズ王女も、自分にとって値段なんてつけられないほど価値のあるものって、ないかな？」

「それなら、あります」

ローズはふと、赤い薔薇で作ったポプリを思い出した。

「それは何？」

「ポプリです。ラファエル様からいただいた薔薇で作ったものなんです」

ポプリの元になったのはラファエルがプリンセス・レア号でプレゼントしてくれた赤い薔薇だった。部屋に飾って楽しんだ後、思い出に花びらを乾燥させてポプリにしたのだ。香りを楽しむための薔薇ではなかったので、あまり香りはしないけれど、ローズにとってはとても大切なものだった。

レオンスが微笑ましそうに目を細めて、大きく頷く。

「もしそのポプリを紛失し、誰かが拾って届けてくれたら、ローズ王女はどうする？」

「もちろんお礼にお伺いします！」

「私にとっては昨日のハンカチはそういうものだった。だからお礼をしたいんだ。受け取ってもらえないと、とても困ってしまうな」

「あ……」

ローズはハッとしてレオンスの手元にあるマカロンの箱を見た。ローズが同じ立場なら、お礼に持参したものを受け取ってもらえなかったらとても困ってしまう。レオンスも同じ気持ちなのだろう。

「そういうことでしたら、喜んで頂戴いたします」

笑顔でお礼を言いつつマカロンの箱を受け取って、ローズは改めてレオンスの顔を見つめた。

(この方……どことなくラファエル様に似たところがあるわ。顔立ちは全然似てないのに、不思議ね)

自分の都合のいいように会話を誘導していく手腕などがそっくりだった。王太子とは、どこの国もこうなのだろうか。ローズの兄がどうだったかは、まともに会話をしたことがないので知らないけれど。

ローズがじーっとレオンスを見つめていると、レオンスが戸惑ったように青灰色の瞳を揺らした。

「ローズ王女、さすがにそんなに見つめられると、照れてしまうんだけど」

「あ！　大変失礼いたしました！」

ラファエルに似ていると思ったからか、レオンスの中にラファエルとの共通点を探すことに夢中になってしまった。

ローズがレオンスから慌てて視線をそらし、マカロンの箱をミラに預けていると「レオンス！」と甲高い声が聞こえてきた。

顔をあげると、銀色の巻き髪の綺麗な女性が柳眉を逆立ててこちらへ歩いてくるところだった。

レオンスが、おや、と目を丸くする。

「もしかしなくてもブランディーヌかな？　見ない間に、さらに綺麗に――」

「どういうつもりよ！」

レオンスの言葉を遮り、彼の前まで歩いて来た女性――ブランディーヌが、腰に手を当ててキッとレオンスを睨みつけた。

（ブランディーヌ様って、ラファエル様のお姉様の？）

会ったことはないが、ラファエルからその名を聞いたことはある。レオンスと以前婚約していたラファエルの姉だ。

（あ、ご挨拶しなきゃ！）

ブランディーヌの剣幕にあっけに取られてしまっていたが、ここで挨拶をしないのは失礼にあたる。

「あの……」

怒っているのがありありと伝わってくるのでちょっと怖いなと思いつつ、ローズはブランディーヌに声をかけようとしたが、その前に、彼女の白くて細い指先がローズを指した。

「この女は何!?」

「こらこら、ブランディーヌ、ローズ王女に失礼だよ。ローズ王女、ブランディーヌがごめんね。ほら、ブランディーヌも謝――」

「ローズ？　もしかしてラファエルが連れて来たっていうグリドール国の第二王女かしら？」

レオンスの言葉を再び遮って、ブランディーヌが今日の空のように青い瞳で、じろじろとローズの全身に視線を這わせた。ふん、と鼻を鳴らした。

「実のお姉様から婚約者を奪った方は、男漁りにお盛んなのね」

(え？)

ローズが首をひねったのと、ぺき、と小さな音が背後から聞こえてきたのはほぼ同時だった。

何の音だろうと肩越しに振り返ると、ミラが笑顔のまま額に青筋を浮かべるという器用なことをしつつ、手に持ったマカロンの箱を握りつぶしていた。

(あ、大変！)

このままだとミラが爆発する。ローズはミラの視界を塞ぐように立ち直した。ローズは身長が低いので完全には視界を塞げないけれど、多少は違うはずだ。

ローズがミラに気を取られている間に、険しい表情をしたレオンスがブランディーヌを叱っている。

「ブランディーヌ！　失礼にもほどがあるよ！　今すぐ謝罪するんだ！」

しかし叱られたブランディーヌは、それが気に入らなかったようで、顔を真っ赤に染めて手に持っていた扇をレオンスに向かって投げつけた。

「もう婚約者でもないくせに、わたくしに偉そうな口を利かないで！」

そのままくるりと踵を返し、ブランディーヌは憤然と立ち去っていった。

（なんというか……嵐みたいな方ね）

半ば茫然とレオンスとブランディーヌのやり取りを見つめていたローズが、おっとりと頬に手を当てていると、レオンスが弱り顔で頬をかく。

「ブランディーヌがごめん、ローズ王女。でも、気は強いけれど、根は悪い子じゃないんだよ？あれを見たあとでは信じられないかもしれないけど」

「いえ、大丈夫です。お気になさらず」

さすがにびっくりしたけれど、相手はラファエルの姉である。ローズとしては仲良くなりたいし、あのセリフも、きっと何らかの誤解があったからだろうから、目くじらを立てるような問題でもない。

ただ、ミラが激怒しているようなので、このあとでなだめるのが大変そうだ。

（いただいたマカロンも、箱の中でぺしゃんこでしょうね）

ミラにマカロンの箱を渡したのは失敗だった。潰れても食べられなくはないが、マカロンはあの空気のように軽い触感が楽しいのだ。

潰れたマカロンの箱にがっかりしたローズは、気を取り直してレオンスに向きなおる。

「八年前まで、ご婚約されていたんですよね？」

「うん？　そうだね。仲は良かったと思うよ。両国の関係悪化の影響で、破談になってしまったんだけどね。……でも、あの様子だと、私はすっかり嫌われてしまったみたいだ」

レオンスは自嘲するように薄く笑うと、悲しそうに目を伏せた。

☆

王妃ジゼルは、ティーカップから立ち上る香りを楽しみつつ、口端を持ち上げた。

「あら、それはちょっと予想外だったわね。いい意味で、だけど」

視線を向ける先には、ローズの侍女を命じたニーナの姿がある。

「ダリエ夫人が認めるくらいだもの、知識は申し分ないのでしょう」

「そうかもしれません。ただ……」

ニーナが言いよどむと、ジゼルが嘆息しながらその先を引き取る。

「今のままでは、やはりラファエルの正妃として認めるわけにはいかないわ」

ジゼルはティーカップをおいて、ゆっくりと立ちあがる。

王宮の窓から城を見やって、そっと目を伏せた。

「優しさは美点だけど、優しいだけではだめなのよ」

四、マルタン大国とブロンデル国の問題

マルタン大国の城に到着して一週間が経過した。

今日は余暇があるというラファエルに誘われて、ローズは城の図書室にやって来た。

ブロンデル国との国交改善へ向けての話し合いは難航しているという。レオンスとラファエルは前向きだが、両国の外務官がそうではないらしい。

というのも、お互いの主張が真っ向から対立しているのだ。お互いに一歩も引かないため、話し合いは平行線のままちっとも交わらず、まったく前進しないそうである。

「マルタン大国とブロンデル国の国交断絶の原因は、ヒルカ島の主権争いが原因だと聞いたことがありますけど、あっていますか？」

ローズがラファエルが選んでくれた純愛小説から顔をあげて訊ねると、彼は肩をすくめつつ首肯した。

「だいたいそんなところかな」

エベーレ内海に浮かぶ島、ヒルカ島は、三十年前まではヒルカ国という一つの小さな島国だった。

しかし三十年前、ヒルカ国の中で民衆によるクーデターが勃発する。

その時、ヒルカ国の王立軍に味方したのがブロンデル国、民衆軍に味方したのがマルタン大国だった。

丸二年続いた内戦の結果は民衆軍の勝利で終わり、当時の王族は内戦勃発以前にブロンデル国へ嫁いでいた王女を残して全員が処刑されたと歴史書には記載されている。

民衆軍はブロンデル国へ嫁いだ王女の身柄も要求したけれど、ブロンデル国はそれを拒否。民衆軍に味方していたマルタン大国との関係も悪化したが、内戦終結から五年後、話し合いの末に両国の間で和解が成立した。——ここまでは、よかったのだ。

再び問題が生じたのは今から八年前。

(ブロンデル国がヒルカ島の主権を主張したのが原因っていうのは知っているけど、詳しいことは知らないのよね)

気になったローズが読みかけの小説を閉じると、ラファエルが苦笑する。

「気になって読書どころではないかな？　いいよ、別に秘密でも何でもないから、教えてあげる」

ラファエルが机の上のローズの手に自分の手を重ねた。指を絡めるようにきゅっと握られて、ローズはドキドキしながら僅かに視線を落とす。

「八年前、ブロンデル国は『ヒルカ国』を再建したいと言い出したんだ。王女の産んだ子を王に立ててね。ヒルカ国の王女はブロンデル国の傍系王族と結婚していてね、王女の子はブロンデル国としても自国の王族の血を引いていることもあって、ぜひとごり押ししてきたんだ」

「でも、ヒルカ島は、三十年前の内戦後はマルタン大国の所有になっていましたよね？」

「そうなんだよ。うちから派遣した総督が管理していて、それが島民にも受け入れられていてね。というのも、もともとクーデターが勃発した原因は、王による圧政だったわけだから。ヒルカ島の島民が独立を望んでいるならいざ知らず、望んでいないからね。あっちの主張だけでそれを認めるわけにもいかないんだ。ヒルカ島の復興にはうちから人員も出しているし大金も動かしているからね。もちろんその金の出所はこの国の国民の税金なわけで、国民たちも納得できない。だから、何もしなかった——まあ、立場上できなかったというのが正しいけど、そのブロンデル国の主張を無条件で飲んであげることはうちとしてもできないわけだ」

ラファエルが戯れにローズの手の甲を指先でくすぐってくる。

ローズがくすぐったさに「ん」と小さく声をあげると、彼は満足そうにニヤリと笑った。

「だけど、八年たった今でもブロンデル国側の主張は変わらずでね。もちろんうちも拒否の姿勢を貫いているから、先に進まないったらない。一応妥協案も用意してみたんだけどね」

「妥協案？」

「そ。例えば、ヒルカ島を二分割して、半分を明け渡す、とか」

「それは……ヒルカ島の人たちが混乱すると思いますし、また過去の二の舞が起きそうです」

「俺もそう思う。だからあまり気乗りはしないけど、うちから譲歩できるのはこれが精一杯。レオンス殿下も馬鹿ではないから、この案だとのちのち問題が生じることはわかっているわけで、こちらの妥協案はあっさり流されたけどね。俺も、この案が飲まれなくて安心したが」

この案を出して来た外務官を、ラファエルは心の底から「馬鹿か」と思ったらしい。が、ラファエルが国王に責任者に抜擢される以前にすでにブロンデル国側に提出していたというのだから、今更取り下げることもできず、ラファエルはこれが飲まれたら大変だとひやりとしたという。

「この案を事前に承認した父上にもあきれたが、あの人のことだ、どうせこれが通ったところで遅かれ早かれ内乱になることはわかっていたんだろう。そのあとで奪い返せばいいくらいに考えていた可能性が高い。再び内乱が起こって負ければ、ブロンデル国側も諦めると踏んだんだと思うよ」

「そんな……」

そんなことをして、一番迷惑をこうむるのはヒルカ島の島民たちだろう。

「国王なんて綺麗ごとだけじゃやってられないから、これが一番手っ取り早いと判断したんだろうが、俺もこのやり方は好きじゃない。これじゃあ武力行使と変わらないからね」

「わたしもです」

国王である以上、国の利点を一番に考えなければならないだろうから、国交を再開しつつ最終的にブロンデル国の頭を押さえることができるこの方法にメリットを感じたのかもしれないけれど、それで不要な争いが生まれるのは嫌だった。

「父上が俺を責任者にと言ったのは、この案が承認された場合、俺の代まで争いが長引く可能性が高かったからだろう。父上にも困ったものだよ」

「もしかしたら、ラファエル様ならもっといい案を出してくださるかもしれないと思われたのかもしれないですね」

「ローズ、君は本当に……」

ラファエルが立ち上がり、ローズの隣に移動すると、ぎゅうっとその華奢な体を抱きしめた。

「はあ、君の純粋さには癒される……。どうせ父上のことだから、この案が承認されたとしても『決めたのはお前』と俺に責任を押し付けたかっただけに決まっている。俺が決めたんだから俺の治世で責任をもって何とかしろ、ってね」

(そんなことはないと思うけど……そうなのかしら？)

いくら何でも、父親がすべての責任を息子に押し付けるようなことをするはずはないと思いたいが、ラファエルの口ぶりではほぼ確信を得ているようだった。

「妥協案はほかになかったんですか？」

「ないな。というか、お互い妥協したくないというのが本音だからね。我が国とブロンデル国の代表者の間で水掛け論が続いているよ。白熱して双方が喧嘩腰になってくると俺とレオンス殿下が仲裁に入るという図式だね。生産性も何もあったものじゃない」

「あのぅ、お互いが引かないということは、ヒルカ島はそれだけ魅力的ということでいいんでしょうか？」

「おや、気づいた？　そう。ヒルカ島はその豊富な農作物や海産物も魅力の一つだけど、それ以上に天然資源が取れるんだよね」

「天然資源、というと？」

「鉱山があるんだ。銀が取れる。あと魅力的なのはサンゴだね。ヒルカ島はサンゴ礁に囲まれているから」

マルタン大国も、当然のことながら何のメリットもなくヒルカ国の内乱に手を貸したわけではないのである。

つまり、ヒルカ島の主権をマルタン大国が握ったままだと、その利益はマルタン大国に総取りされてしまうわけだ。

しかし、ヒルカ国を再建した場合、王に立つ人間がブロンデル国の血を引いているという理由でブロンデル国が後見の位置に入れるのだ。そうなると、資源の取引が有利に進められる。

（難しい問題ね……）

ローズとしては、ヒルカ島の島民の生活を第一に考えてあげてほしいと思うけれど、このような裏事情がある限り、互いの国は島民の生活よりも自国の利益で動くだろう。

政治を学んでこなかったローズには、何が正解かはわからない。

だが、ここまで話していて、一つだけ気になることが生まれた。

「マルタン大国とブロンデル国の事情はわかりましたが、担ぎ上げられようとしている元王女殿下とそのご子息は、ヒルカ島を取り返したいのでしょうか？」

「え？　どういうこと？」

「いえ、ご子息はわかりませんが、王女殿下は内乱を実際に経験された方ですよね？　ブロンデル国へ嫁いでいたので実際に戦火に巻き込まれたわけではないでしょうけど、ご両親やご兄弟を内乱で失ってつらい思いをされたと思うのに、そんなつらい思い出のあるヒルカ島に帰りたいんでしょうか？」

少なくとも、ローズならば怖くて目をそむけたくなるだろう。島民の生活が保障されている以上、わざわざ恐ろしい場所に戻って国を再建しようなどとは思わない。

もし過去と同じように内乱が起こった場合、今度は自分の子や孫を失うかもしれないのだ。それならば、ブロンデル国で穏やかに生きていくことを望むだろう。

「つまり、ローズは当人たちの意思を無視してブロンデル国が勝手なことを言っている可能性があると言いたいのかな？」

「そこまでのことはわかりませんけれど……。ただ、ヒルカ島って国として独立したのは四百年前ごろのことなんですが、独立する前はブロンデル国の領土だったんです。ブロンデル国側としては、内乱を利用してマルタン大国に自国の領土が奪われたように映るかもしれません。そうなると、取り返そうと奮起しているのは、ヒルカ国の元王女殿下たちというよりは、ブロンデル国側のような気がして……」

「詳しいな」

「その……好きな小説の舞台がヒルカ島だったので、気になって調べたことがあるんです。乳母からも教わりました。ヒルカ島がヒルカ国として独立を認められたのは、当時のブロンデル国の王女がヒルカ島を領土に持っていた大公に嫁いだことがきっかけで、王女と大公の間に生まれた子が、ブロンデル国の承認を経て王を名乗ったんです。だから、ヒルカ国とブロンデル国は、それぞれ独立した国ではありましたけれど、兄弟国でもあったんですよね」

「なるほど、それで詳しいのか。ちなみに好きな小説は『片翼の女神の純愛』？」

「……はい」

以前にもラファエルにこの話が好きだと伝えたことがあるからか、彼はすぐに合点したように頷いた。

「ローズの推測通りの可能性も充分にありそうだな。この場合、あちらからすれば、うちが強引に奪い取ったように見えるわけか」

「もちろん、強引に奪い取ったわけではないでしょうけど、立場が変われば見方が変わるのも当然かなって」

「だが、こちらとしてもあちらの言いなりになるわけにはいかない。だからこそ、双方が納得できる妥協案がほしいところなんだが……」

「島民の皆さんの生活に影響のない妥協案がいいですね」

ローズが心配そうに言うと、ラファエルがローズの頭のてっぺんにちゅっとキスを落とす。

「みんなが君みたいに優しかったら、こんな面倒な問題も起こらないのかもしれないね」

「そんなことはないです。わたしはただ思ったことを言うだけで、問題を解決する力なんて持っていませんから……」

ローズだって、世の中は綺麗ごとでは回らないことを知っている。綺麗で優しいものだけしか存在しない世界ならば、親から疎んじられることも、閉じ込められることもなかっただろう。世の中は理不尽で、小さな力では太刀打ちできないものだ。だからこそ、大きな力を持つ人は弱者を顧みてほしいと思うけれど、強者には強者なりの考えや立場がある。ローズの主張は、あくまでもそうあったらいいなという無責任な綺麗事でしかないのだ。それがわかっていても、ローズは願わずにはいられないわけだが。

ふるふると小刻みに首を横に振るローズの藍色の髪を、ラファエルが梳くように撫でた。

「でも、俺は助かったよ？　自国の歴史は学ぶけれど、他国の、それも滅んだ国のことなんて学ばないからね。ヒルカ国の建国当時のことなんてほとんど知らなかった。問題は三十年前の内乱と八年前からブロンデル国が主張しているヒルカ国の再建だけだと思っていたけど、ヒルカ国の建国当初からのブロンデル国の立ち位置を考えると、こちらも少し見方を変える必要が出てくる。ローズの言う通り、あちらが擁立しようとしているヒルカ国の元王女とその子息の本音も含めて、ね」

ラファエルはもう一度ローズの頭のてっぺんにキスを落とした。

「俺はね、ローズ。ローズのその優しさはかけがえのないものだと思う。世の中は優しいだけでは回らないけれど、権力者は往々にして弱者を見落としがちだ。踏みにじることもある。でも君は、権力者の手のひらから零れ落ちたものを、その優しさですくいあげようとするだろう？　君がふとしたときにこぼす一言で、俺は零れ落ちそうになるものに気づくことができる。気づいてもどうしようもないこともちろんあるが、気づけるのとそうでないのでは、状況はすごく変わるんだ。俺は利己的で、優しい人間じゃないからね。俺が気づかず見落としたところをローズが拾い上げてくれたら、俺はこの先、安心して前を向いて進んでいけるよ」

ラファエルはそう言ってくれるけれど、結局のところローズは思ったことを言っただけで、ラファエルの問題を解決させてあげることはできなかった。

（何か……力になりたいわ）

ただ綺麗事を並べるだけではなく、ラファエルの力になりたい。

ラファエルの腕の中でローズは考え込んだ。ラファエルには、ローズがただぽやんとしているようにしか見えなかっただろうけど。

☆

「ヒルカ島やブロンデル国の歴史について書かれた書物ですか？　それでしたら図書室にあると思

いますよ」

ダリエ夫人から教えられて、ローズは次の日も図書室にやって来た。

ミラはニーナからマルタン大国の侍女の仕事を学んでいるので、今日は一緒ではない。

早くこの国の勝手に慣れてローズをサポートすると息巻いているミラは、恐ろしい早さでこの国の勝手を吸収している。ローズもまだ学んでいないのに、この国の主要貴族の名前までほぼ暗記を終えていて、ローズはミラの聡明さに舌を巻くばかりだ。

ミラはローズを一人で図書室へ向かわせることに難色を示したけれど、ローズの部屋から図書室はさほど離れておらず、また、図書室の前や使用中の客室の前には、最低一人の衛兵が立っているので危険はないと主張すると、仕方がなさそうな顔で送り出してくれた。

（できることは少ないけど、ラファエル様の役に立ちそうな資料を探すくらいはできるものね）

よし、と気合を入れて、ローズは自分の背丈よりもずっと高い本棚の並ぶ図書室を、資料を探して歩き回った。

「歴史書はこのあたりのはず……」

利用者が迷わないように、図書室に納められている本は種類ごとにまとめられている。歴史書がまとめられている本棚を発見したローズは、本の背表紙を確認しては抜き取り、ぱらぱらと中を確かめて、参考になりそうな本を抱えていく。

本を五冊ほど抱えて閲覧用の机へ移動し、ローズが夢中になって読んでいると、近くで小さな物音がした。顔をあげるとレオンスが立っていて、目が合った彼がにこりと微笑む。

「こんにちは。集中を切らしてしまったみたいでごめんね」

レオンスはそう言いながら、机を挟んでローズの対面に座った。

「こんにちは、レオンス殿下。休憩ですか？」

「うん、そう。話し合いが全然進展しないから休憩。そんなことより、ローズ王女。その本って、うちの国について書かれた本だよね？　なんでそんなものを読んでいるのかな」

どうやらレオンスは、ローズがブロンデル国の歴史が書かれた本を読んでいることが気になって声をかけてきたようだ。

「ラファエル様からヒルカ島のことを聞いて、何かお役に立つ資料がないか調べているんです」

「へえ、ラファエル殿下は幸せ者だな」

若干揶揄いぎみだったが、レオンスは心の底からそう思っているようで、青灰色の目を優しく細めてローズを見た。

「それで、うちの国について調べているってことは、ローズ王女はもしかしなくても、うちにつけ入る隙がないかどうかを探っているのかな？」

探られたって痛くもかゆくもないよ、という顔をしてレオンスが言う。

ローズはゆっくりと頭を振った。

「そういうわけじゃなくて、お互いが納得する方法はないかなと思いまして」

「そう来るか。ええっと、ローズ王女。今のはちょっとばかり、意地悪な質問だったんだけどね」

「え？」

「………はぁ……なるほど、ラファエル殿下が落ちたわけだ。悪意のある発言も、こうもあっさり純粋にかわされたら、どうしようもないね。ごめん。今のはラファエル殿下が何か企んでいるんじゃないかって気になったから、カマかけてみただけ」

「そうなんですか？」

きょとんとしてローズが首をひねると、レオンスがお手上げだと言わんばかりに両手を軽く上げた。

「君にはストレートに訊ねるのがいいみたいだね。じゃあ訊くけど、ローズ王女はマルタン大国の外務官が言う通り、我が国はヒルカ島の問題には口を出すなって思う？」

「マルタン大国にはマルタン大国の事情が、ブロンデル国にはブロンデル国の事情があるのでしょうから、そうは思いませんよ？　ラファエル様もそうだと思います」

「じゃあ、ローズ王女はどうするのが一番平和な解決だと思う？」

「ヒルカ島の島民の皆様が困らない方法が一番平和的な解決だとは思いますけど……」

ローズは顎の下に指先を当てて、ぽやんと首を傾げた。くどいようだが、これは呆けているのではなく考えている顔である。

「今のところ、何が一番いい方法なのかは、わたしには判断がつきません。島民の皆さんが困らないでほしいというのは本音ですけど、マルタン大国側の主張もブロンデル国側の主張もわかるので」

「わかるのかい？」

「はい。マルタン大国は内戦後に手に入れた領地で、内戦によって疲弊したヒルカ島を立て直すことに尽力しましたよね？　人員もお金も、時間も割いて。そしてヒルカ島民は、マルタン大国の一部として、マルタン大国の法律に沿って生活しています。これをいきなり三十年前の状況に戻すのは、マルタン大国としては納得いかないでしょう？　見方によっては、マルタン大国がヒルカ島を見捨てたように思う人もいるかもしれませんし」

「なるほど？」

「でも、四百年前までヒルカ島を領土に持っていたブロンデル国からしたら、マルタン大国が内戦時に余計な手出しをしてヒルカ島を奪い取ったように見えるのではないですか？　もともと自分たちの領土だったのだから、取り返すのは当たり前だという主張も、道理が通っているように感じます」

レオンスは目を丸くした。

「ローズ王女はどうして裏事情を知っているのかな？」

「ちょっと、歴史を学んだことがあるんです」

レオンスはぐしゃりと前髪を書き上げて、困ったように笑った。

「困ったねえ。ローズ王女の言う通り、国にはそんな主張をする人間が一定数いるんだ。だけど、独立を認めた以上、その国がどうなろうともともとの領地であるという理由で奪い取ることはできないことは私もわかっている。だから国としてはヒルカ国を再建するという名目で動いたわけだが……、そういう主張をする人間が、しかも上層部にいる以上、ヒルカ島を諦めるには相応の大義名分が必要なんだ。そして王太子である以上、私が諦めるわけにはいかない。わかってくれる？」

「はい。でも、ラファエル様も王太子である以上、自国にとって不利な条件は飲めないんです」

「だろうね」

「だからわたしは、中立な立場で考えてみようと思って」

「はい？」

　レオンスは不思議なことを言われたとばかりに首をひねった。

「ラファエル様は一生懸命に妥協案を探していらっしゃいます。出来るだけ双方の納得のいく解決法を模索されているんです。でも、その考えはやっぱりマルタン大国側寄りになってしまうと思うので、ブロンデル国の方々にとってはなかなか受け入れられないかもしれません。でもわたしは、中立の立場で考えられるから、役に立つ資料を探して、あわせて中立な意見を述べようと思います。ラファエル様はわたしと違って聡明な方なので、情報があれば、一番いい方法を導き出してくれると思うんです」

「ローズ王女はラファエル殿下の婚約者なのに、中立な立場で考えるっていうの？」

真顔で問われて、ローズはハッとした。

「お、おかしいでしょうか……？　ラファエル様の婚約者だから、ラファエル様の立場になって考えるのが正しい……ですよね？」

「あ、いや、そうじゃない。間違っていると言いたかったわけじゃなくて、ただ驚いただけなんだ」

レオンスは苦笑して、ローズが積み上げている本を一冊手に取った。読むでもなく、ぱらぱらとめくりながら言う。

「八年前、ブランディーヌは私に、ブロンデル国の身勝手な主張を何とかしろと言った。彼女はマルタン大国の王女だから、そう言われるのも仕方がないと思ったんだけど……、私の国の主張がすべて間違っているように言われて、正直傷ついた。ブランディーヌの立場もわかるから、味方してほしいとまでは言わないけど、せめてローズ王女のように中立な立場で考えてほしかったな。まあ、これは私の我儘なんだろうけどね」

ぱらぱらとレオンスが無意味に本のページをめくる音を聞きながら、ローズは「うーん」と考え込む。

「わたしが思うに、それはちょっと、難しいかもしれませんね。だって、レオンス殿下が中立な立場で考えていないのなら、ブランディーヌ様も中立な立場に立てませんよ。逆もしかり、でしょうけど」

「え？」

「わたしが中立な立場で考えようと思ったのは、ラファエル様がブロンデル国側にも歩み寄ろうとしているのがわかったからです。完全に中立にはなれないでしょうけれど、可能な限り公平な目で見ようとされています。もし、ラファエル様がマルタン大国側の主張をすべて押し通そうと動いていたら、わたしもその考えに沿うように協力したかもしれません」

マルタン大国の王太子であるラファエルが、自国の主張を押し通すのではなく、なんとか妥協案を探そうとしていたから、ローズもそのように動こうと思ったのだ。

「当時、ブランディーヌ様はレオンス殿下の婚約者でしたが、当然のことながらマルタン大国の王女殿下でもありました。嫁いでいるならばいざ知らず、マルタン大国の王女としては、マルタン大国側の主張を通すか、それともラファエル様のように妥協案を探すかの二択しかなかったと思います。そして、バランスを考えると、レオンス殿下がブロンデル国の主張を通そうとすれば、ブランディーヌ様はマルタン大国の主張をぶつけるしかありません。八年前に、もしレオンス殿下がブランディーヌ様に、お互いの国が納得する妥協案を模索したいと相談すれば、きっと協力してくださったのではないでしょうか？　……もちろん、当時を知らないわたしの勝手な推測かもしれませんけど」

だから原因はレオンス殿下にもあるかもしれませんよ、と言外に言うと、レオンスが茫然とした顔つきになった。

「ローズ王女って……おっとりしているようで、意外と言うときははっきり言うんだな」

「あ！」

ローズは慌てて顔の前で手を振った。

「す、すみません！　当事者ではない身で偉そうなことを……！」

レオンスを不快にさせたらどうしようと焦るローズに、レオンスはくすくすと笑い出した。

「いや、いいよ。そう言われて、ああそうかもしれないなと思ったし。私も結局、ブランディーヌの立場になって考えていなかったってことか。彼女にも悪いことをしてしまったかもしれないね」

レオンスは本を閉じると、「お邪魔したね」と言って立ち上がった。

「そろそろ休憩も終わるだろうから私は失礼するよ。あと、差し出口かもしれないけど、その本の量だと、図書室を閉めるまでには読み終わらないと思うよ？」

図書室は夕方に施錠される。言われて柱時計を確認すれば、図書室が閉められるまであと二時間を切っていた。

「貸出許可を得て、部屋に持ち帰ったらどうかな？」

「ありがとうございます。そうします」

ローズが五冊の本を抱えて立ち上がろうとすると、レオンスがローズの腕から本を奪い取る。

「部屋まで運ぼう。時間がなくなったのは、私が話しかけたせいでもあるだろうからね」

「でも……」

他国の王太子に荷物持ちをさせていいものだろうか。

ローズがおろおろすると、レオンスが茶目っ気たっぷりに片目をつむった。

「気にしないで。それに君が重たいものを持っているのに私が手を貸さなかったのをラファエル殿下が知ったら、文句を言われるだろうからね」

「そんなことはないと思いますけど。……でも、それじゃあお言葉に甘えて」

レオンスが図書室の入口にいる司書の元に本を運んでいく。司書がタイトルを確認してローズが持ち出したことをメモすると、レオンスは再び本を抱えて歩き出した。

「君とはもっとゆっくり話がしてみたいね。もっとも、ヒルカ島の問題を片づけないことには、私もあまり時間が取れそうもないけど……時間が取れたらおしゃべりにつき合ってくれる?」

「はい。わたしも、ブロンデル国のことをいろいろお伺いしたいです」

「それはよかった」

にこにこと微笑み合いながらローズはレオンスとともに廊下を歩いて行く。

そんな二人をじっと見つめる人影があることに、ローズは気が付きもしなかった。

五、激怒する過保護組

昨日図書室から部屋に持ち帰った五冊の本は、翌朝ダリエ夫人の授業を受ける前には読み終わった。

ブロンデル国やヒルカ島の歴史的背景についてより詳しい知識を得ることができたので、こちらについては紙にまとめてラファエルに渡そうと思う。

ローズとしては、その昔ヒルカ島がブロンデル国の領土になった以前のことなども知りたかったのだが、残念ながら昨日持ち帰った本には記載がなかった。

「読み書きができていると習得が早いですね」

「まだ発音がうまくいきませんけど……」

ダリエ夫人とマルソール語の会話練習をしながらローズは苦笑する。

大陸共通語では使用しない発音に手を焼いているのだ。マルソール語は歴史が古く、大陸のどの言語よりも発音が難しいのである。

文法や単語は頭に入っているので、主に発音に慣れるためにダリエ夫人の指示でマルソール語で書かれた本を音読していると、ミラが微笑ましそうな顔でお茶のお代わりを入れてくれた。

「慣れてきたら、普段の会話もマルソール語に変更するといいかもしれませんね。いつでもご協力しますよ！　ね、ニーナ？」

ミラがぐっと親指を立てて笑う。

マルタン大国の仕事についてニーナからレクチャーを受けているからか、ミラはニーナと少し仲良くなったようだ。

ニーナが、ダリエ夫人が新しく持って来て今は使わない教材を部屋の本棚に納めながら振り返る。

「もちろん、その程度のことならいつでも」

ダリエ夫人も「それはいい案ですね」と黒縁眼鏡の奥の緑色の瞳を細めて微笑んだ。

「二人ともありがとう」

侍女二人が優しくて、ローズがふわっと笑うと、それを見たニーナが少しだけ戸惑ったような顔をする。

「この程度のことでお礼を言う必要はありませんよ」

「ニーナ、ローズ様はこれが通常運転なので、戸惑う必要はないんですよ。それじゃあ、ダリエ夫人からの指示があったタイミングで、日常会話をマルソール語に変更いたしますね！」

「わかりました。もう少し発音に慣れたところでお二人にはお願いすることにしましょう。この様子だと、それほどお待たせはしないでしょうね」

ダリエ夫人がローズの進捗具合を見つつ、そう判断する。

「会話が落ち着いてきたら、マルタン大国の社交マナーを追加していきたく存じますが、ほかにご希望があればそちらもご用意しますよ」

「それでしたら、マルソール語の古語を教えていただけないでしょうか？　そうすれば古い書物も読めるようになりますし」

「それはいいですね。わたくし、古語が得意なのです。お教えできることはたくさんあると思いますよ」

アリソンがマルタン大国の壁画の解読を行ったことを嬉しそうに語っていたダリエ夫人ならもしかしたらと思ったが、やはり古語や考古学に精通した人のようだ。

「それでは、ある程度マルソール語の会話練習が落ち着きましたら、以前からご希望をいただいていた歴史と、社交マナー、古語を中心にお教えすることにいたしましょう」

「よろしくお願いいたします」

ローズが微笑めば、ダリエ夫人もつられたように相好を崩す。

ミラもニーナとダリエ夫人と打ち解けて、最近はこの部屋の雰囲気がとても柔らかくなったように感じるのはローズだけではないだろう。

（ここに来たばかりの時は緊張したけど、すごくすごしやすいわ。ニーナとダリエ夫人を派遣くださった王妃様には感謝申し上げないと）

まだラファエルの母である王妃ジゼルとは対面する機会が設けられていないが、折を見てローズから挨拶に行きたいと思っていた。しかしローズがジゼルに会おうとするとラファエルもついてくる気がしていて、そうなると忙しい彼の負担になってしまう。ラファエルが抱えているヒルカ島問題がひと段落ついてからの方がよさそうだ。

バタンッ!!

ローズがそんなことを考えていると、前触れもなく部屋の扉が開け放たれた。

ローズのみならず、ミラもニーナもダリエ夫人も驚いて扉を振り返る。そこには、波打つ銀髪の美女が、険しい表情で立っていた。

「ブランディーヌ様？」

いち早く我に返ったのは、これまで王宮で王妃の侍女をしていたニーナだった。不躾に部屋に入って来たブランディーヌに困惑顔を浮かべて、やや急ぎ足で彼女に近づいて行く。

「申し訳ございません、こちらは現在、ローズ王女殿下がご使用になられている部屋でして……。扉の前の衛兵からお聞きになりませんでしたか？」

「知っているわ」

遠回しに無断で入って来るなと苦情を入れたニーナに、ブランディーヌは冷ややかにそう答えた。

そして、「邪魔よ」と言ってニーナを押しのけ、つかつかとローズに向かって歩いてくる。

ローズは慌てて立ち上がり、ラファエルの異母姉に挨拶をしようとした――のだが。

パァン!!

耳のすぐ横で大きな音がして、頬に鋭い痛みが走った。

「何をするんですか!!」

誰も止める暇もなかった出来事に、ミラが血相を変えてローズに駆け寄ってくる。

ローズは痛む頬が徐々に熱を持っていくのを感じながら、ミラに遅れてブランディーヌに叩かれたのだということを理解した。

理解すると同時に、幼いころに母に叩かれた記憶がフラッシュバックして、頭の中が真っ白になる。頬を押さえる手が小刻みに震えて、過去の記憶に縛られたローズは、ただ目を見開いて立ち尽くすことしかできなかった。

「何をするのかですって？　それはこっちのセリフよ！　実のお姉様から婚約者を盗んだ泥棒女は、ラファエルだけでは飽き足らずずいぶんと卑（いや）しい真似をするのね！」

ブランディーヌがもう一度手を振り上げる。

ローズはびくりと肩を震わせたが、ブランディーヌが手を振り下ろす前に、ミラがその手首をつかんで止めた。

「侍女風情（ふぜい）が邪魔をしないで！」

「うるさいですよ！　ニーナ！　今すぐラファエル様を呼んできてください!!」

「ミラ……だ、だめよ……！」

恐怖で身がすくんでいながらも、ローズは今の状況がまずいと頭の隅で理解して、ミラを止めようと手を伸ばす。

相手はマルタン大国の王女だ。侍女であるミラが手を出せば、ただではすまない。

しかしミラは、ブランディーヌの手首をつかんだまま彼女を睨みつけ、振り返りもせずに答えた。

「いいえ。今のは見過ごすことができない問題です。ローズ様の頬を叩くなんて、相手が誰であろうと絶対に許しません。グリドール国の王女を傷つけたことを、マルタン大国の国王陛下に抗議させていただきます！　それでもこちらが納得する対応をいただけなかった場合、本国に連絡を取り、相応の手段も取らせていただきますからね‼」

以前ならいざ知らず、マルタン大国に移動する直前まで、何とかローズとの時間を取りたがっていたグリドール国王ならば、連絡が入り次第これ幸いと抗議に動くだろう。不義の子だと思っていたのでローズにはひどく冷淡だったが、父は王としては有能な人なのだ。つけ入る隙を見過ごすはずがない。そんなことになればひと悶着起きる。

「ミラ、わたしは大丈夫だから……！」

「いいえ、ローズ様。これは抗議しなければならない問題です。陛下は客人としてローズ様を遇するとおっしゃいました。その客人を叩くのがマルタン大国の流儀ですか⁉　ローズ様が許してもわたくしは絶対に許しません！　ダリエ夫人‼　マルタン大国では王女が他国の賓客を叩いても許されるのでしょうか⁉」

そうだとしても、ミラが動くのはまずいのだ。ブランディーヌの手首をつかみ上げている今の状態だけでも、ミラには不敬罪や暴行罪が適用される可能性があるのである。

おろおろしていると、ダリエ夫人が立ち上がった。

「いいえ。そのようなことはございません。ブランディーヌ様、ひとまず手を降ろしていただけませんか？」

ブランディーヌが手を降ろそうとしない限りミラが手を離さないだろう。

さりげなくローズを守る位置に回ったダリエ夫人に、ブランディーヌが小さく舌打ちした。

「しつけがなっていない侍女ね！　主が主なら侍女も侍女ってところかしら⁉」

「なんですって⁉」

「ミラ……！」

ローズが手を伸ばしてミラの腕を引く。

ミラは悔しそうにブランディーヌを睨みつけて、ダリエ夫人とともにローズの前に回り込んだ。

睨み合うミラとブランディーヌにローズが青ざめていると、ニーナに事情を聞いたラファエルが部屋に飛び込んでくる。

そして、赤く腫(は)れているローズの頬見て、すぅっとその赤い瞳を細めた。

ローズでさえぞくりと背筋に怖気が走るほど冷ややかな空気を纏(まと)ったラファエルが、ブランディーヌに向きなおる。

「これはどういうことだ」

低く冷たい声だった。

「姉上、説明いただけますかね。どんな権利があって、俺の婚約者に手をあげたのでしょうか？」

「権利ですって？　わたくしは王女よ」

「ローズはグリドール国の王女で、賓客で、俺の婚約者ですよ」

「だから何？」

ふん、と鼻を鳴らすブランディーヌに、ラファエルはますます怖い顔になった。

そして、無造作にテーブルの上に置かれていた飲みかけのティーカップを手に取ると、残っていた紅茶をばしゃりとブランディーヌの顔にぶちまける。

ぽたぽたと、ブランディーヌの髪や顎の先から紅茶がしたたり落ちる。

ブランディーヌは茫然として、それから顔を真っ赤に染めた。

「な——何をするの!?」

「それはこっちのセリフですよ。熱湯をかけなかっただけ感謝してほしいですね」

「弟のくせに生意気よ！」

「そのセリフはそっくりそのまま返しましょうか。——たかが王女の分際で何様のつもりだ。そのからっぽな頭は、王太子が国王に次ぐ身分だということを忘れたのか。その王太子の婚約者に暴力をふるっておいて、無事ですまされると思っているのではないだろうな」

「ラ、ラファエル様……！」

このままだとまずい気がして、ローズはラファエルを止めようと声をあげる。

ラファエルが肩越しにローズを振り返り、僅かに口端を持ち上げた。しかし目が笑っていない。

ラファエルは己の人差し指を唇に当てた。

「ローズ。少し静かにしていて。これはね、君の優しさで許していい問題じゃないんだよ。姉が謝罪しても、簡単には受け入れては駄目だ」

「謝罪？　このわたくしがどうして謝罪なんてする必要があるというの⁉」

「まだわからないのか」

ヒステリックに怒鳴り散らすブランディーヌに、ラファエルが忌々しそうに舌打ちした。

「ではそのからっぽな頭でもわかるように説明してやろう。姉上。今まで俺が姉上の言動を黙認していたから勘違いをしているようだが、王太子である俺は父上のすぐ下、母上のすぐ上の身分にある。王位継承権も持っていない姉上は、事実上、上位の王位継承権を持つセドックよりも身分は下だ。その気になれば、セドックだって姉上に相応の処罰ができる立場なんだよ。つまり、俺からしたら取るに足らない身分の姉上が、俺が婚約を望み、陛下が認め、そして現在他国の賓客として遇している未来の王妃であるローズを傷つけていいはずがない。どんな理由があれ、ローズに手をあげた時点で姉上は罪人だ」

マルタン大国では、女性に王位継承権は与えられない。

もしも王に王女しか生まれなかったとしても、上位の王位継承権を持つものと婚姻させられることはあっても、女王として君臨することはないのである。

これは、高貴な女性は人前に姿を現すものではないというマルタン大国の昔の因習が大きく起因しているらしい。ゆえに、そのしきたりが廃（すた）れるにつれて変化する可能性も大いにあるが、現状では王女であるブランディーヌは王位継承権を有していないのだ。

ブランディーヌがキッとまなじりを吊り上げた。

「罪人ですって⁉」

「そうだ。これはれっきとした反逆行為だからね。覚悟しておくといい。俺はこの件に関して、一切の手加減をしない。セドック！」

ラファエルに呼ばれて、扉の外で待機していたらしいセドックが兵士を伴って入って来る。

セドックも厳しい表情をしていて、ラファエルの側で膝をついた。

「お呼びでしょうか、殿下」

いつもラファエルに対して気安い態度のセドックの口調が違っていた。ピリリとした空気を纏っている。それはラファエルもだった。

「そこの罪人を連れていけ。王宮の自室で構わない。沙汰（さた）が出るまで、監視をつけ、部屋から一歩も出すな」

「は！　ブランディーヌ王女を連行しろ！」

セドックの命令で、兵士たちがいっせいに動き出す。

「何をするのよ！」

ブランディーヌは抵抗したが、数名の兵士相手に勝てるはずもなく、両脇を抱えられるようにして部屋の外へ連れ出された。

ブランディーヌがいなくなると、ラファエルがふうっと息を吐き出して、心配そうにぎゅっと眉を寄せると、ローズの頬に手を伸ばす。

「待たせてごめん。痛かっただろう？　赤くなってるね。すぐに冷やさないと。セドック！　侍医を呼んで来い！　そのあとでいいから、俺が行くまでに陛下に事情を説明しておいてくれ」

「人使いが荒いなまったく！」

いつも通りの言葉遣いに戻ったセドックが、ぶつぶつ文句を言いつつも部屋を飛び出していく。

ラファエルの纏っていた空気がいつものように優しくなって、ローズはホッと息を吐いた。

ラファエルにソファに座るように言われて腰を下ろすと、ローズは今になって指先が小刻みに震えていることに気が付いた。ここには母はいないのに、「汚らしい宵闇の瞳！」と罵倒して頬をぶつ母の姿を思い出したからだろうか、耳の奥で母の罵倒が響いているような錯覚を覚える。

ミラが急いでタオルを濡らして持ってきて、ニーナがラファエルが紅茶をぶちまけたことで濡れた絨毯を拭いていた。

「ローズ様」

ミラがローズの赤く腫れた頬に、濡れたタオルをそっと押し当てた。

「口の中は切りませんでしたか？」

ダリエ夫人が心配そうに訊ねてくる。

「大丈夫です」

小さな声で答えて微笑もうとしたけれど、失敗してしまった。

ラファエルが震えているローズの手を握りしめて、自分の頬に押し当てる。

「こんなことになってすまない」

「いえ、ラファエル様が悪いわけではないので、謝罪なんてしないでください。それに、その……ブランディーヌ様は、何かに怒っていらっしゃるようでした。もしかしなくても、わたしが気づかないうちにご不快にしてしまったのかもしれません」

「もしもそうだとしても、叩いていい理由にはならない」

ラファエルがきっぱりと言うと、ミラが大きく頷いた。

「それに、ローズ様はブランディーヌ王女から以前庭でいちゃもんをつけられただけで、それ以外に関わったことはないのですから、逆恨(さかうら)みに決まっています」

「いちゃもんをつけられた？　ミラ、どういうことだ？」

「ミラ、あの時のことはいいから……！」

余計なことを言えば、ラファエルがさらにブランディーヌに怒るかもしれない。

ローズはミラを止めようとしたが、ラファエルに促されて、ミラは待っていましたとばかりに喋り出す。

「……と、いうわけで、いきなり現れてローズ様に食ってかかって『男漁りにお盛んだ』とかなんとかいちゃもんをつけられたんです！　すごく不愉快な思いをしたんですよ！」

不愉快な思いをしたのは主にミラだろう。ローズは不愉快な思いをしたというよりは驚いた方が大きかった。あと、激怒するミラをなだめるのに大変だったな、というくらいの思い出である。

ラファエルとミラが話し込んでいると、セドックに連れられて女医がやって来た。ローズの頬の腫れ具合を確認して、痛みがどの程度あるのかと訊かれる。

「熱は持っていますが、痛みがそのくらいなら冷やしておけばじきに腫れも落ち着くでしょう」

「だが、こんなに赤くなっているんだぞ？」

「ローズ王女は肌が白いので、赤みが目立つのです。口の中も大丈夫そうですし、少ししたら腫れも引いてきますよ」

「そうか。……冷やすのであれば、氷がいるかな」

「大丈夫ですよ！」

城の地下に作られている氷室から氷を持ってこさせようとするラファエルを、ローズは慌てて止めた。夏場の氷はとても貴重なのだ。頬を冷やすためだけに使うのは申し訳なさすぎる。

ローズが必死になってラファエルを止めようとしていると、女医も頷いてローズに協力してくれた。

「冷やしすぎもよくないのです。水で絞ったタオルで冷やすくらいがちょうどいいですよ」

「そういうことなら、氷は不要か」

納得してくれたラファエルにホッとしていると、セドックが戻って来た。

「殿下、陛下がお呼びだ」

国王に事情を説明したところ、すぐにラファエルを呼んで来いと言われたらしい。

ラファエルは心配そうにローズを見て、仕方なさそうな顔で立ち上がった。

「仕方がない。ローズ。ちゃんと冷やしておくんだよ？」

ローズは過保護なラファエルに苦笑して、「はい」と小さく頷いた。

ラファエルが去ると、ややして女医も部屋を出て行った。

ダリエ夫人も、この状況で授業を続けるのは無理だと判断して、ローズに「お大事に」と一声かけて去っていく。

ローズがミラから濡れタオルを受け取り自分で頬を冷やそうとしたのだが、ミラは頑なに首を横に振って濡れタオルを離さない。

「わたくしがしますから、ローズ様は楽になさっていてください」

その心配で泣きそうな顔を見る限り、ミラがローズが叩かれたことに責任を感じているのは明白だ。

「ミラ、そんな顔をしなくても、わたしは大丈夫よ？　痛みもあまりないし、お医者様もすぐに腫れも引くって言っていたでしょ？」

ミラが責任を感じる必要はないと言うけれど、ローズを守ることに使命感を覚えているミラには通じなかった。

ローズの境遇がそうさせたのか、グリドール国にいたときからミラは過保護だったけれど、マルタン大国に来てからそれに輪をかけて過保護になっている気がする。

もしかしたらミラは、この国でローズを守れるのは自分ただ一人だと、過剰なまでに責任を感じているのかもしれない。

グリドール国にいたときもローズの味方はほとんどいなかったが、それでもアリソンがいた。ローズが他者からの悪意にさらされたとき、アリソンが裏から手を回してローズを守ってくれていたことを知っている。

けれど、ここにはアリソンはいない。母親の分もローズを守らなければと、ミラは考えているのだろうか。

（そんなこと、しなくていいのに）

ローズは、ミラが一緒に来てくれただけで充分なのだ。ローズのために、ミラの立場が危うくなるようなことはしてほしくない。

「ねえ、ミラ」

これはこのままにしておくことはできないと、ローズは濡れタオルで頬を押さえてくれているミラの手に自分の手を重ねた。

「さっき、わたしのために怒ってくれたことは、すごく嬉しかったわ。それは本当よ？　でもね、もうあんなことはしないでほしいの。王女殿下に逆らって、もしミラが不敬罪で捕まったらと思うと、わたし……」

本当にそうなったらどうしようと想像してしまったからだろうか、ローズは途中で言葉に詰まって口を閉ざす。

ラファエルがきっと何とかしてくれると信じているけれど、ミラは本当に危ないことをしたのだ。

（マルタン大国の法律はグリドール国と違う。詳しくはわからないけど、グリドール国よりもマルタン大国の方が、王族への不敬罪はかなり重たかったはずよ……）

言語習得に夢中になっていたけれど、一番に覚えなくてはならないのは法律かもしれない。ローズはミラが不敬罪で最悪死罪になっていたかもしれないと想像してゾッとする。

「お願いよ、ミラ。あなたにもしものことがあったら、わたし、どうしていいかわからないわ……」

実の家族から家族扱いを受けず育ったローズにとって、ミラは家族なのだ。姉のような存在なのである。

ローズの必死のお願いに、ミラは難しい顔で顔を俯かせた。

「ローズ様がわたくしのことを大切に思ってくださっていることは知っています。でも、わたくしもローズ様のことが大切なんです。ローズ様が害されて黙っていることはできません」

「ミラ……！」

どうすればわかってもらえるのだろうと、ローズがきゅっと唇をかみしめたとき、黙って二人のやりとりを見ていたニーナがため息交じりに口を挟んだ。

「ローズ王女殿下。あなたは少し勘違いをなさっているようです」

「ニーナ？」

「ローズ王女殿下がいくら口で言おうとも、ミラは今後も同じことをするでしょう。いくら言葉を重ねたところで無駄なのです。ローズ王女殿下が今のままであるかぎり、おそらく今後も同じことが起こりますよ」

「わたしが……？」

ローズがびっくりして目を丸くするのと、ミラが顔をしかめるのは同時だった。

「ニーナ！　ローズ様に失礼なことを言わないでください！」

「ミラ、あなたもです。そうして大切に宝物のように守りたくなる気持ちはわからなくもないですが、それだけだと何も変わらないんですよ」

「変わらなくて結構です！　わたくしが、全身全霊でお守りすればいいことでしょう!?」

ミラがニーナに食ってかかるが、ローズにはそれを止めることはできなかった。

ニーナに言われたことがショックで、固まってしまっていたからだ。

（わたしのせい……？）

ローズが頼りないから、ミラは過保護になるのだ。ミラがローズを守ろうとするように、ミラを守れるのもまた、主であるローズしかいないのである。

（どうして今までそんな簡単なことにも気づけなかったの……？）

変わる必要があるのはミラではない。ローズなのだ。

ブランディーヌに叩かれたとき、ローズがすべきことは茫然とすることではなかった。

ローズが毅然(きぜん)とした態度でブランディーヌに接することができていれば、ミラはブランディーヌに対して不敬な態度を取ることも、言うこともなかったのである。

ローズが茫然として何もできないでいたから、代わりにミラが動いたのだ。怒ったのだ。すべてはローズが招いたことだった。

（それなのにわたし、ミラに失礼なことを言ったわ……）

ローズが頼りないからかばってくれた人に対して、もうしないでほしいなんて、どうしてそんな偉そうなことが言えたのだろう。

ローズはそっと自分の小さな手を見つめて、ぎゅっと拳を握る。

（今までみたいに、部屋の中で何もしないでいられる立場じゃない）

ずっと、自由になりたかった。

冷遇され、閉じ込められ、人の目を恐れて生きてきたローズは、自由の外の世界を歩いてみたかった。けれど、わかっていなかったのだ。自由になるということは、そんなに簡単なことじゃない。

空を自由に飛び回る小鳥たちが、時に猛禽類（もうきんるい）の脅威にさらされるように、外に出たからには何かしらの事件は起こる。それを自分で対処できるようになって初めて「自由」と呼べるのではなかろうか。

今のローズは、愛玩されていた小鳥が鳥籠から出たいと暴れて、飼い主の肩にとまって散歩をしているようなものだ。——今のままでは、ダメなのだ。

（守ってもらうだけじゃダメ。わたしがミラを守れるようにならないと……！）

いつまでも、頼りなくて守られているだけの立場ではいられない。

——強く、なるのだ。

夜になって、ラファエルが部屋にやって来た。

毎日組まれているヒルカ島の話し合いに加えて、ブランディーヌのことで国王アルベリクと面会していたラファエルには、ゆっくり食事を取る暇もなかったようで、昼も夜も今日は一緒に食事ができないと遣いが来ていた。

そしてようやく落ち着いたのが、ローズが就寝をする少し前の時間だったようで、頬のことを気にしているラファエルは、一目だけでも様子を見ようと部屋を訪れてくれたのだ。

「腫れは引いたようだね。赤みもない」

ローズの頬を確かめて、ラファエルがホッと息をつく。

ミラに頼んで二人分のハーブティーを用意してもらうと、ラファエルと並んでソファに腰かけた。

「あの、ブランディーヌ様はどうなったのでしょうか？」

ラファエルはブランディーヌを拘束して部屋に閉じ込めたが、あれからどうなったのだろうか。

まさかまだ閉じ込められたままなのだろうかと、ローズは心配になる。

（頬を叩かれたと言っても、たいしたことなかったのに、いつまでも閉じ込められていたら可哀そうだわ……）

ブランディーヌにも事情があったのだろう。できればその事情は知りたいが、必要以上に罰したりしてほしくない。

ローズが叩かれたことについては、昼すぎにアルベリクがわざわざ部屋にやって来て謝罪してくれたのだ。国王自ら謝罪という充分すぎる対応を取ってもらったのだから、これ以上の罰は必要ない。

しかしラファエルは、ザクロ色の瞳に冷たい気配を宿して、薄く笑った。

「心配しなくても、もう二度とローズに近づけなくするから大丈夫だよ」

「ち、近づけなくするって、何をするつもりなんですか？」

嫌な予感がする。

ローズが真剣な顔をすると、ラファエルが微笑を浮かべたまま教えてくれる。

「父上と話し合って、当面は王宮の部屋で謹慎させることにしたんだ。そのあとは、できるだけ王都から遠いところに領地を持っている適当な貴族に嫁がせることになったよ」

「え……。ど、どうしてそんなことに……！」

ローズの頬を叩いただけで、その処罰は重すぎるのではなかろうか。

（謹慎はまだしも、強制的に嫁がされるなんて……！）

王女である以上、結婚相手は国王や王太子が決めるというのはわかる。国にとって有益だと認められた相手に嫁ぐのは、王族に生まれた義務のようなもので、結果的に好きな人と結婚できるローズが例外なだけだ。

けれど、それでも結婚は祝福されるべきものだし、嫁いだ後は幸せになるべきだとローズは思っている。恋愛小説の読みすぎと揶揄されようと、幸せになれない結婚なんてつらすぎるだけだ。

（でも、ラファエル様の言ったやり方だったら、結婚自体が罰みたいだわ！）

罰として嫁がされるブランディーヌも、それを受け入れる側の相手にも、その認識はずっとついて回る。それでも愛し愛されて幸せになれるかもしれないけれど、祝福ではなく罰で嫁がされるのはやっぱり何かが違うのだ。

少なくともローズは、みんなに祝福されて結婚したい。ブランディーヌも、きっとそうだと思う。

それなのにラファエルは、「幽閉にならなかっただけ甘い処置だ」と言い出した。

「ローズが軽傷だったことと、ミラの罪を完全に不問にする条件で、ブランディーヌの処罰も減刑されたんだ」

「減刑って……」

ラファエルはそう言うけれど、ローズはやっぱり重すぎると感じる。

（やっぱりこのままじゃダメ……！）

ローズには決定を覆（くつがえ）すだけの力はないけれど、このまま知らない顔はできない。

「ブランディーヌ様にも、きっと理由があるはずなんです」

「理由があったとしても許されることじゃないし、姉のことだ、あったとしてもどうせたいした理由じゃないよ。昔から感情的で自分勝手だからね」

「そうだとしても、わたしはその理由が知りたいです！　その理由を知ったうえで、もう一度、ブランディーヌ様への罰を再検討していただけないですか？」

「どうしてローズが姉上をかばうの？　君は被害者なんだよ？」

「理由も確認せず、強制的に処罰するのはおかしいと思うからです」

ラファエルと国王の決定に異を唱えているローズは、とても失礼なことをしている自覚はある。

この国のトップである二人の決めたことに意見するのは、間違いなく不敬なことだろう。ローズの中にラファエルならば聞いてくれると甘えがあることも否めないけれど、ローズは黙っていられなかった。

「これは、わたしとブランディーヌ様の問題だと思うんです。当事者のわたしはブランディーヌ様に理由を聞きたいです。わたしがそれを望むのは、おかしいですか？」

「……つまり、姉上に会いたいってこと？」

「はい」

「却下」

ラファエルは即答した。一瞬も考えてくれなかった。

「君がまた傷つけられたら大変だ」

「わたしは大丈夫ですから、お願いします！」

それでもローズが頼み込むと、ラファエルが渋い顔をする。

部屋の隅でその様子を見つめていたミラもハラハラした顔をしていた。口を挟みたいけれど、ラファエルの手前黙っていようと頑張ってくれているようだ。

(出しゃばりかもしれないけど、このままなのは嫌だわ)

ローズが会いに行くことで、ブランディーヌをさらに怒らせてしまうかもしれない。それでもローズは、強くなると決めたから、自分の目で、耳で、理由を確かめたかった。

「王宮のことは王妃——母上の管轄だ。姉上の謹慎の件も、決めたのは俺と父上だが、管理は母上に任されている。どうしても君が姉上に会いたいというのならば、母上から許可を得る必要があるが、無理だと思うよ」

「どうしてですか？」

「姉上の処罰は決定したことだからだよ。その上でローズが会いに行く必要性がない。母上は王宮の秩序を一番に重んじる人だ。……ローズが姉上に会いに行くことで、それが壊される可能性がある以上、きっと母上は認めない」

「そんな……」

「ローズが気に病まなくていい。この件については忘れるんだ。ミラもほら、心配しているし。ね？」

（……でも）

ローズは口を引き結んで視線を落とす。

ラファエルがそんなローズの頭を撫でて、静かに立ち上がった。

「寝る前に長居をしたね。もう帰るから、ローズも早く休んだ方がいい。そしてこの件はもう忘れるんだ」

ラファエルが去っていくと、ミラが笑顔で寝るように薦めてくる。

ローズは暗い表情で立ち上がった。

ミラに促されてベッドへ向かおうとすると、ニーナがミラを呼び止める。

「ミラ、ティーセットを片付けてくださいますか？　ローズ様の寝支度はわたくしが」

ミラが不可解そうな顔をしつつも、ティーセットを出しっぱなしにはしておけないので、あとのことをニーナに頼んで部屋を出ていった。

ローズの寝支度を手伝うのはいつもミラだったので、ローズも不思議に思っていると、ニーナがミラが出て行ったのを確認してそっと声を落としてささやく。

「王妃様にはわたくしがお話ししておきます。王妃様から呼び出しがあったという形にすれば、ラファエル殿下も口出しはできません」

ローズがハッと顔をあげると、ニーナが小さく微笑んだ。

「ブランディーヌ様に向き合おうとなさるその姿勢は、とても素敵だと思いますよ。少なくとも、わたくしは。さあ、ミラが帰ってくる前にお休みください」

「ありがとう、ニーナ」

「礼を言われることではありません。あの二人は、少々過保護がすぎますからね。それでは、おやすみなさい」

ローズがベッドにもぐりこむと、ニーナが部屋の灯りを落として控室に下がる。

（ご命令に背いてごめんなさい）

ラファエルは忘れろと言ったけれど、ローズはどうしてもこのままにはしておけないのだ。

ローズは心の中でラファエルに謝罪して、ゆっくりと目を閉じた。

六、ブランディーヌの心

密かにニーナによって王妃ジゼルへコンタクトが取られ、ジゼルからローズに呼び出し状が届いたのは、ローズの部屋にブランディーヌが乗り込んできた事件から二日後のことだった。

呼び出しを知ったラファエルはギョッとし、すぐさまジゼルへ苦情を入れたそうだがそれは却下され、ローズは呼び出しがあった次の日にジゼルの元を訪ねることになった。

ラファエルは一緒についてきたがったが、ジゼルによって禁止されたのでそれは叶わなかった。

そしてもう一つ、ミラの同行も禁止された。おそらくニーナが手を回してくれたのだと思うけれど、ミラの同行も禁止され、王宮への同行が許されたのはニーナだけだった。

王妃やブランディーヌと話をするには、過剰なまでにローズを守ろうとするミラとラファエルはいないほうがいい。二人が守ろうとしてくれることについてはローズだって嬉しく思っているし二人の優しさに感謝もしているけれど、今回の件はローズが自分自身で向き合いたい問題なのだ。

「ニーナ！　何かあったら身を挺してでもローズ様を守ってくださいよ！　いいですね⁉」

一緒について行けないミラが最後までニーナに無茶なことを言っている。

ニーナはミラのこの様子にすっかり慣れたようで「わかりました」と適当に相槌を打っていた。

向かった先の王宮は、白い壁にラピスラズリのような青い屋根をして美しい建物だった。屋根がドーム状なのは城と一緒だが、四隅の尖塔はなく、城よりも低い建物だ。けれどその分横に長い。敷地面積だけで言えば、城よりも広いだろう。

「王妃様はお会いになるとおっしゃいましたが、ブランディーヌ様にお会いできるかどうかは、ローズ王女殿下がご自身で王妃様に交渉する必要がございます」

王妃の部屋へ案内しながらニーナが言う。ニーナができることは、王妃との橋渡しをすることまでなのだ、と。ローズもニーナにこれ以上の無理を言うつもりはないから、「大丈夫」と大きく頷いた。

ジゼルに会えるようにしてくれただけでも充分だった。ニーナが動いてくれなければ、ローズは今も何もできずに手をこまねいているだけだったろうから。

「王妃殿下、ローズ王女殿下をお連れいたしました」

部屋の扉を叩いてニーナが言えば、ややして両開きの扉が開かれる。顔を出したのは三十代前半くらいに見える侍女だった。

「ようこそいらっしゃいました。王妃殿下がお待ちです。ニーナ、あなたはこちらへ。王妃殿下は、ローズ王女殿下とお二人でお話しすることをお望みですから」

きゅっ、とローズは心臓を握られたような緊張を覚えた。覚悟はしてきたけれど、ジゼルと一対一で話すことに小さな不安を覚える。

(失礼のないように気をつけないと)

この部屋に一歩入れば、ローズが間違った行動をとったときに注意してくれる人は誰もいない。

ローズはごくりと唾を飲んで、ニーナに案内してくれたことの礼を言うと、深呼吸をして姿勢を正してから部屋に入った。

広い部屋の中央に、蔦模様だろうか、赤や緑の模様の入ったカラフルな毛織の絨毯が敷かれていて、その上に猫足のソファが向かい合うようにしておかれている。

ローテーブルの上にはすでにお茶の準備が整っていて、ティーカップよりも深さのある陶器のカップから芳しい香りが漂っていた。白磁に青や緑、金などで細かくて複雑な絵柄が描かれている、とても可愛らしいカップだった。

ソファにゆったりと腰を掛けているのは、金色の髪にエメラルド色の瞳をした四十前後の優しそうな女性だった。彼女が王妃ジゼルだろう。にこりと笑って対面に座るように手で示されたので、ローズはジゼルに一礼して示されたソファに腰を下ろす。

(目元がラファエル様に似ているわ)

ラファエルは父親似だと思っていたけれど、目の形はジゼルの方が似ている気がした。

「本日はお時間を取っていただいてありがとうございます」

ローズがそう言うと、ジゼルが面白そうに目を細めた。

「あら、わたくしが呼びだしたのよ。建前上そう言うことになっているのだから、ローズ王女がお礼を言う必要はないのよ」

今は二人きりだけど外では余計なことは言わないようにね、とジゼルが釘を刺す。

「ニーナからの情報によると、バクラヴァが気に入っていると聞いたから用意させたのだけど、よかったかしら？」

砕いたナッツを挟んだ生地を何層にも重ねて焼き、シロップにつけた甘いお菓子はバクラヴァというらしい。ローズが白いプレート皿の上に並べられたバクラヴァを見て無意識のうちに微笑めば、ジゼルはおかしそうに笑った。

「あら、本当に気に入っているようね。レア王女はこちらの食事はあまり口にあわないようだとラファエルが言っていたけれど、ローズ王女は違うのね。このお菓子は甘いから、今日はコーヒーを用意させたわ。たぶん、グリドール国のコーヒーとは違うと思うから、飲み方に注意してね。上澄みだけを飲むのよ」

レアはおそらく、食事の味というよりは作法面が気に入らなかったのではなかろうかとローズは思ったが口には出さなかった。マルタン大国では、手で食べるのが本来のマナーとされる料理が数種類あり、手を使うのは基本的にパンだけのグリドール国と作法が異なるのだ。ローズは気にならないが、レアは手が汚れるのが嫌だったのではないかと思う。

目の前にフォークが用意されていたが、ジゼルが素手でバクラヴァを食べたのを確認し、ローズも同じように素手で取る。そのあと、濃いめのコーヒーが注がれたカップに口をつけた。バクラヴァの甘さとコーヒーの苦みが絶妙にマッチして、とても美味しい。

上澄みだけを飲むとジゼルは言ったが、それは、カップの底に沈殿しているコーヒー豆を口に入れないようにするためである。

グリドール国のコーヒーは、粉にしたコーヒー豆を濾過して抽出するが、マルタン大国では粉末にしたコーヒー豆を水とともに鍋で煮る。煮だした後、濾さずにカップに注ぐため、カップの底にはコーヒー豆が沈殿しているのだ。

困惑した様子もなくコーヒーを飲むローズの仕草に、ジゼルがますます面白そうな顔をした。

「こちらの生活で困っていることはない?」

ジゼルの質問に、もぐもぐと二つ目のバクラヴァを咀嚼しながら、ローズは小さく首を傾げて考える。

(困っていること……何かあったかしら?)

特に不自由は感じていないし、王妃が遣わしてくれたニーナやダリエ夫人もいい人だ。部屋の警備にあたってくれている衛兵も親切だし、ラファエルは言わずもがな。強いて言うなら――

「まだ慣れていないので、少し暑く感じます」

気候だけはすぐになじめるものでもないので、日中の暑さには少々参っている。

「それだけ?」

「はい」

首肯すれば、ジゼルはパチパチと目をしばたたいた。

「そう。ちょっと意外だったわ」

（意外？）

ローズは首をひねって、ジゼルが何を「意外」と言ったのか考えてみたけれど、いくら考えても答えはわからなかった。

「ローズ王女は柔軟性があるのね。そう言えば、ダリエ夫人から知識も豊富だと聞いたわ。文句を言わずに学んでいるようだし……本当は全然期待していなかったのだけど、わたくし、それを聞いて少し見直したのよ」

ローズはパアっと顔を輝かせた。

「ありがとうございます」

「…………」

見直されたと聞いて嬉しかったから笑顔で礼を言ったのだが、何故か虚を突かれたような顔で沈黙されてしまった。

どうしたのだろうかとローズが目を丸くすると、ジゼルが額を手で押さえて、何とも言えない顔をする。

「なるほど、本当に素直なのね。人の悪意に鈍感、とでも言うのかしら。わたくし、今、わざと少し嫌な言い方をしてみたのだけど」

（嫌な言い方、されたかしら？　褒められた気がしたんだけど……）

ローズにはわからないマルタン大国の言い回しがあったのだろうか。困惑すると、「いいのよ、忘れて」とジゼルが苦笑する。

「実はね、少し信じられない気持ちでいたの。あのラファエルが、一人の女の子にびっくりするくらい過保護になっているというじゃない？　母親がこんなことを言うのもあれだけど、あの子、面倒くさい性格をしていると思うのよ。人の善意を素直に受け取れないというか……人の裏の顔を探そうとする嫌なところがあってね。それなのに、ローズ王女に対してだけまるで別人のようになっているようだから、何があったのかしらって」

「ラファエル様はちょっぴり意地悪な時もありますけど、とてもお優しいですよ」

「ええ、あなたにはそうみたいね。そして、あなたに会ってみて、なんとなく理解できたわ。あの子、随分と女の子に夢を持っていたみたいね」

「夢……？」

「素直で純粋で、どこか浮世離れした子が好きだったみたい。そしてだからこそ、必要以上に過保護になるんでしょうけど」

やれやれと息をついて、ジゼルがコーヒーに口をつける。

「ここからが少し本題だけど、わたくしはね、ただ溺愛されて守られるだけの女の子は、この国の王妃にふさわしくないと思っているの」

ローズはびくりと肩を揺らして姿勢を正した。

つまりそれは、ローズはラファエルの婚約者としてふさわしくないということだろうか。

「あの子があなたを溺愛していて、大事に大事に守ろうとしていることは知っているわ。あの子がせめて弟のジョエル――第二王子の立場ならば、わたくしは何も言わなかったでしょう。でもラファエルが王太子で、ゆくゆくはこの国の王になる立場である以上、守られるだけの王妃は邪魔にしかならない」

ローズはきゅっと唇をかむ。

（わたしは、ラファエル様の負担になっている……ということよね）

ジゼルの言いたいことはわかると思う。だけど、ここで「わかりました」と引き下がることはできない。ローズはラファエルが大好きで、彼の側にいたい。どうすれば、ラファエルの側にいることを認めてもらえるのだろう。

「ねえ、一つ教えてもらえる？　ニーナによると、あなたはブランディーヌに会いたいと言ったそうね。あなたの様子を見て、ニーナはわたくしに橋渡しすることにしたと言ったわ。ニーナは仕事に必要なこと以外は余計な口を挟まないタイプの子だから少し不思議だったのだけれど……だからこそ、そうさせる何かがあなたにあったのだと、わたくしは見ているの。あなたはどうして、ブランディーヌに会いたいの？」

「それは……理由が、知りたかったからです」

「あなたに暴力をふるった理由？　そんなものを知ってどうするの？　このまま放置しておけば、ラファエルによって、ブランディーヌは二度とあなたに関わらないところへ送られるでしょう。会うことはなくなるのだから、あなたはその事実に安心して、ラファエルに任せておけばいいのではなくて？」

このまま守られていればいいだろうと言われて、ローズはゆっくりと頭を振った。

「ブランディーヌ様は、わたしに対して怒っていました。きっと知らないところで何かしてしまったんだと思います」

「でも、暴力をふるっていい理由にはならないわね？」

「ラファエル様もそうおっしゃいました。でも、このままにするのは何かが違う気がするんです。この意見が正しいのかどうかはわかりませんが、この問題はブランディーヌ様とわたしの問題だと思っているんです。だから、わたしが向き合わないといけない問題なんです。何もわからないまま、ただ守られて、知らないふりをするのは嫌なんです。それに――」

ローズはそこで一度言葉を切って俯いた。

ここから先のことは口にしていいのかどうかわからない。

逡巡（しゅんじゅん）していると、ジゼルが穏やかな顔で先を促した。

「それに、何かしら？　うまく言葉にならなくても構わないから、考えていることを教えてくれる？」

　ローズはおずおずと顔をあげ、乾いた唇を軽く舐めて湿らせてから、口を開いた。

「今回の件で、わたしの侍女は、侍女の分を超えてわたしを守ろうとしてくれました。侍女の身で王女を非難することは、不敬と取られる行為です。今回は事なきを得ましたが、次に同じことがあればどうなるかわかりません。侍女が……ミラが、ブランディーヌ様に言い返したのは、わたしが何もできなかったからです。本当ならわたしが対処しなければいけない問題だったのに何もできなかったから、ミラはわたしの代わりに怒ったんです」

「そうね。あなたが対処できていれば、あなたの侍女は必要以上に口を出すことはなかったでしょう」

「はい。だから、わたしは自分に何かあったときに、自分で対処できるようになりたいんです。ミラがわたしの代わりに怒らなくてもいいように。だからこの件にも、ちゃんと向き合いたいんです。うまくできるかどうかはわかりませんけれど、何もしないでいたくない……」

　ローズは話を終えたけれど、ジゼルはその後も十数秒押し黙って、エメラルド色の瞳をじっとローズへ向けていた。何かを探るような、考えているような表情で。

　ローズが居心地が悪くなって身じろぎすると、ジゼルはぽつんと言った。

「あなたは、守られるだけのお姫様じゃなかったのね」

　ジゼルは少し間をおくように、空になったカップに、金属の小さな鍋のようなものからコーヒー

を注いだ。

　ふわりとかぐわしい香りが立ち上る。

「もしあなたが、何もせず、守られることに甘んじているようなら、わたくしはあなたを認めることはできなかったでしょうね。でも、あなたはちゃんと向き合うことに決めた。少し安心したわ。ブランディーヌに会うことを認めましょう」

「本当ですか⁉」

「ええ。でもひとつ条件があるわ」

「条件、ですか？」

　ローズがわずかに表情を強張らせると、ジゼルは薄く笑った。

「ええそうよ。今回の件だけど、あなたが自分で考えてブランディーヌへの処罰を決めなさい。陛下とラファエルが決めた処罰については取り下げさせるわ。自由にするわけにはいかないから、あなたが処罰を決めるまでは謹慎扱いにしておくけど……、あなたの裁量で、ブランディーヌにどのような罰が相応しいのか決めるの。陛下とわたくし、ラファエルが納得する裁きをあなたが下すのよ。それが約束できるなら、会わせてあげる」

　ローズは瞠目した。

（わたしが、裁きを決める？）

　ローズはこれまで、人を裁いたことはない。人を裁くということは相当な重責だ。その人の命運を左右するのだから、生半可な覚悟で行ってはならないものなのだ。

（そんなの……怖い……）

泣きそうな顔をしたローズに、ジゼルは厳しい目を向けた。

「もしあなたが王妃になるのならば、ラファエルの即位後に王宮を管理するのはあなたよ。あの子はほかに妃を娶りたくないと言っているけれど、だからと言って、王宮にはジョエルとその妃も住むでしょうし、ここで働いている人も大勢いる。管理する人は必ず必要なの。管理する立場の人間はね、ただ周りに甘い顔をしていればいいというわけではないの。問題が起きれば相応の対処が必要になる。わかるわね？」

それができない人間に、王妃の資格はない。ジゼルはそう言っているのだ。

「こう言っては何だけど、これはとてもいい機会だわ。あなたがどこまでできるか、見させてもらいます。できないというなら逃げても構わないけれど、その時点でラファエルの正妃になることは諦めてもらうわ。異は唱えさせないわよ」

ローズは指先がひんやりと冷えていくことに気が付いた。

（断ったら、ラファエル様の側にいられなくなる……？）

蒼白になったローズに、ジゼルは少し表情を緩めた。

「難しく考えなくても、相談ならいつでも受け付けるわ。何事も勉強よ。だから試しにやってみなさい」

（勉強……）

人を裁くのはやっぱり怖い。

けれどもそれがラファエルの隣に立つために必要なことならば、逃げるわけにはいかない。それに、逆に考えれば、指導してくれる立場の人がいるうちに経験できるのはありがたいことではなかろうか。人を裁く機会なんて、そうそう訪れるものではない。

（王妃様も相談に乗ってくださるというし、わたしの独断で間違いを起こす危険は少ないはず……）

ここでローズが逃げれば、ローズがラファエルの妃として認められないどころか、ブランディーヌはラファエルが決めたように遠くへ強制的に嫁がされてしまうだろう。ブランディーヌに与えられるその罪に納得できずにここまできたのではなかったのか。

ローズは覚悟を決めた。

（ブランディーヌ様とただ話をするだけだったら、陛下とラファエル様が決めた処断は何も変わらない。決定が変更できるかもしれないことを考えれば、ちょっと不安だし怖いけど、やらない方がマイナスだわ）

ローズは強くなると決めたのだから、ここで怯えていたらダメなのだ。

ローズは、相談に乗ると言ってくれたジゼルに向かって、深く頭を下げた。

「わかりました。ご指導のほど、どうぞよろしくお願いいたします」

ローズが覚悟を決めるとすぐにジゼルはベルでニーナを呼びつけた。

「ブランディーヌの部屋に案内してあげてちょうだい」

ジゼルの言葉に、ニーナは一瞬だけ安堵したように口端を持ち上げて、「かしこまりました」と頭を下げる。

「ローズ王女」

ローズが礼を言って部屋を出て行こうとすると、思い出したようにジゼルがローズの背中に声をかけた。

「ブランディーヌはね、気が強いところがあるし、思い込みが激しい子だけど、悪い子ではないのよ。ちょっと気難しいから手を焼くかもしれないけれど、きちんと話せば、きっと本心を打ち明けると思うわ。……余計なお世話かもしれないけれど」

ローズが振り返ると、ジゼルは優しい顔で少しだけ心配そうに微笑んでいた。ブランディーヌのことを心から案じているのだとわかる顔だった。「母の顔」だと、ローズは無意識に思う。ローズの実の母親は、ローズのことを疎んじていつも怖い顔をしていたけれど、母の代わりだったアリソンは、たまにローズにこんな顔を向けていた。

なんだか無性にアリソンに会いたくなって、ローズは微笑むことで表情を取り繕った。取り繕わなければ、不意に襲って来た寂寥感に顔をゆがめてしまっていただろう。

ローズはもう一度ジゼルに頭を下げて、今度こそニーナとともに部屋を出る。

マルタン大国についたばかりのころにミラのお土産を買うために立ち寄った店で見たような、カラフルで煌びやかなランプが、装飾品として廊下のところどころにおかれていた。だからだろうか、重厚な雰囲気のある城と違い、王宮は華やかで明るい印象を持つ。

「こちらがブランディーヌ王女のお部屋になります」

ニーナが一つの部屋の前で立ち止まった。すでに王妃から遣いがあったようで、見張りのために部屋の前に立っている二人の兵士が、ローズが通れるようにスッと横に避けてくれる。

「わたくしはお部屋の前でお待ちしております。……王妃様からご連絡されたそうなので大丈夫だとは思いますが、もしも何かありましたら大声をあげてくださいませ」

王妃が釘を刺したからこの前のようにローズに手をあげることはないと思うけれど、と言いながらも、ニーナは心配そうな顔をする。

兵士二人も、何か言いたそうな目でローズを見ていた。ローズに何かあれば、兵士がラファエルから叱責を受ける可能性があることに気が付いて、ローズは安心させるように二人に向かって微笑む。

ニーナがブランディーヌの部屋の扉を叩いた。

「ブランディーヌ様、王妃殿下よりご連絡があったかと思われますが、ローズ王女殿下をお連れいたしました」

「……。……入ってちょうだい」

数秒の沈黙のあと、部屋の中から不機嫌な声がした。ブランディーヌ本人の声だ。

「どうやらすでに侍女を下がらせているようですね」

ブランディーヌ自らが声を発したということはそういうことだろう。

ニーナがそっと、部屋の扉を押し開けた。

「いってらっしゃいませ」

ローズはきゅっと表情を引き締めると、ブランディーヌの部屋に入る。ぱたんと背後で扉が閉まる音を聞いた時、ちょっとだけ肩が震えてしまった。

ブランディーヌはソファに腰かけてお茶を飲んでいた。

ローズが扉の前に立ったままでいると、ブランディーヌがじろりと睨んでくる。

「いつまで立っているつもり。お座りなさい」

「は、はい。失礼します」

ローズはブランディーヌの対面に腰を下ろしたが、そこにローズのためのティーセットは用意されていなかった。わかっていたことだが、まったく歓迎されていないのだと知って、ローズはしゅんとする。

「言っておくけど、叩いたことは謝らないわよ」

ローズが何か言う前に、ブランディーヌがイライラした口調で言った。

機嫌が悪そうなブランディーヌは、少しだけ姉のレアに似ていた。でも、レアほど怖いと思わないのは、ブランディーヌがローズ自身を「見て」くれるからだろうか。レアはローズを対等なものと認めていなかったのでその辺に転がる石ころのような目でローズを見たが、ブランディーヌは一人の人間としてローズを見てくれている。「謝らない」と宣言することが、そういうことなのだ。レアならばそんなことすら言わない。

「はい」

ローズが頷くと、ブランディーヌは変なものを見る目つきになった。

「はいって、あなた、わたくしに謝らせたくて来たんじゃないの？」

ローズはきょとんとした。何故そのような誤解を与えてしまったのだろう。

「いいえ、違いますよ」

ブランディーヌがますます不審そうな表情になった。

「はあ？　じゃあ何しに来たのよ？　閉じ込められたわたくしを笑いに来たわけ？」

「そ、そんなことはしません！」

ローズがぷるぷると小さく首を横に振ると、ブランディーヌはティーカップをおいて腕を組むと、顎をわずかに上げ、ローズを上から見下ろすように見やる。

「だったら何の用よ」

「えっと、その……」

「言いたいことがあるならはっきり言いなさい！」

「ご、ごめんなさい！」

ブランディーヌの剣幕に押されて口ごもると叱責されてしまった。ローズは大きく息を吸いこんで、意を決して口を開く。

「ブランディーヌ様がわたしを叩いた理由が知りたくて来ました！」

「………」

ブランディーヌは虚を突かれた顔をして沈黙した。

青い瞳を丸くして、奇異なものでも見たような顔をしている。

「ちょっと意味がわからないんだけど、あなた、わざわざそんなことを訊ねに来たわけ？」

「そんなことじゃないです。重要なことです。だって、ブランディーヌ様が怒ったということは、わたしは知らないうちにブランディーヌ様を怒らせるようなことをしたんですよね？」

ブランディーヌは今度はあんぐりと口を開けて、それから額を押さえた。しばらく押し黙って、やがてぽつりと「言いたくないわ」と答える。

言いたくないと言っているのに無理やり聞き出すこともできず、ローズはしょんぼりと肩を落とす。

ブランディーヌはしょんぼりするローズに向かって、はあ、と小さく息を吐きだした。

「レオンスがあなたを気にする理由が、なんとなくわかった気がするわ。あなた、何というか、変だもの」

「レオンス殿下？」

何故ここでレオンスの名前が出てきたのだろうか。

首をひねったローズは、ハッとした。

（そう言えば、ブランディーヌ様と初めてお会いしたときに、レオンス殿下がいたわ）

あのときもブランディーヌは怒っていた。そこにヒントはないだろうか。

ローズはゆっくりと、あの時のブランディーヌの言葉を思い出す。

——この女は何!?

——実のお姉様から婚約者を奪った方は、男漁りにお盛んなのね。

ブランディーヌはローズを叩いたあとで、こうも言わなかっただろうか。

——実のお姉様から婚約者を盗んだ泥棒女は、ラファエルだけでは飽き足らずずいぶん卑しい真似をするのね！

（もしかしたら……）

ローズが視線を落として考え込んでいると、ブランディーヌが形のいい眉を跳ね上げる。

「何を呆けたような顔でぼんやりしているの？」

「……あの」

考え事をしているぽやんとした顔のまま、ローズは顔をあげた。

「ブランディーヌ様は、レオンス殿下がお好きなんですか？」

「なっ――――」

ブランディーヌが短く息を呑んで、凍りついたように動きを止めた。白くきめ細やかなブランディーヌの頬が、リンゴのように真っ赤に染まる。

ああ、やっぱり――とローズは確信した。

思い出してみると、あの時のブランディーヌは嫉妬していたように思えたのだ。その対象が誰なのかは、彼女が何に対して怒ったのかを考えるとすぐにわかった。

（八年前に婚約破棄になったと聞いたけれど、ブランディーヌ様はずっとレオンス殿下のことを想っていたのね）

国の事情で別れるしかなかった相手が八年ぶりにやって来て喜んでいたところへ、彼の側に違う女の影があれば不安になるだろう。ローズはただ話をしていただけだが、ブランディーヌにはそうは見えなかったのかもしれない。

ブランディーヌのあの行動が嫉妬からのものだとわかると、ローズは妙に納得してしまった。

マルタン大国とブロンデル国の関係性。そして八年前に婚約破棄になっていること。それらを考えると、ブランディーヌは自分の気持ちを正直に口にすることはできなかったはずだ。

レオンスに好きと伝えることはもとより、彼の側にいるローズに嫉妬していることも、ローズにレオンスに近づくなと言うことも、はっきりと告げることはできなかったのだ。

口に出すことができない嫉妬は、ぎゅうぎゅうにブランディーヌの心の中に蓄積されて、あの日、はじけてしまったのだろう。結果、ローズに手をあげてしまった。

「意味のわからないことを言わないで！」

ブランディーヌが赤い顔のまま悲鳴のような声をあげる。言葉では否定しているが、顔が、声がすべて肯定していた。

「そうじゃないと説明がつきません」

「そんなの……！」

ブランディーヌは反論しかけて、きゅっと唇をかんだ。

言えば言うほど墓穴を掘ると察したのか、疲れたような吐息をつくと、ブランディーヌはやがて諦観のこもった声で白状した。

「……わたくしは愛する人と一緒にいることはできないのに、あなたはラファエルに愛されて、それでいてレオンスにまでちょっかいを出して……そう思ったら、許せなくなったのよ。悪い？」

「いいえ、悪くないです。わたしだって、ラファエル様が知らない女性と仲良くしていたら、やきもちを焼いてしまいますから」

「悪くないってあなた、自分が叩かれたことを忘れたわけ!?」

「忘れたわけではありませんけど……仕方がないことかなとも思ったので」

ローズが嫉妬した時にブランディーヌと同じ行動をとるかどうかはわからないけれど、嫉妬してもやもやしているとき、冷静でいられなくなるだろうなとは思うのだ。

ローズはグリドール国にいたときに悪意にさらされることに慣れてしまっているので、多少のことならば「仕方ない」で流すことができる。

しかしそうとは知らないブランディーヌは、愕然としていた。

「仕方ない……ですって？」

「はい、だって、嫉妬でついカッとなってしまったんですよね？　あっ、でも、安心してください。わたしとレオンス殿下は本当にお話ししていただけで、何もないですよ？　わたしはラファエル様が、その……大好きなので」

言いながらローズが真っ赤に顔を染めると、ブランディーヌが天井を仰いだ。

「はあ、なんだかすごく馬鹿馬鹿しくなってきたわ。どうしてわたくし、あなたに嫉妬なんてしたのかしら？　だいたいあの性格の悪いラファエルを好きになる時点で普通じゃなかったわね」

「性格が悪いなんてそんなことないです。ラファエル様はとてもお優しいですよ」

「ああ、もういいわよ、ラファエルのことなんてどうだって」

心の中の感情をすべて吐き出すように天井に向かって長い息を吐いて、ブランディーヌがベルを手に取った。

「わたくしに紅茶のお代わりを。そして、ローズ王女にもお茶とお菓子をお出ししてちょうだい。

……言っておくけど、あなたに心を許したわけではないのよ。ただ、話をしていると喉が渇くでしょうから、それでよ」

お茶が用意されるとわかってローズが顔を輝かせた途端、そんな念押しが飛んできたけれど、それでも構わなかった。ちょっとだけだけど、ブランディーヌに認めてもらえた気がする。

お茶とお菓子が準備されると、ブランディーヌは侍女に下がるように命じた。

(あ、マカロン!)

並べられたお菓子の中に色とりどりのマカロンが並んでいるのを見て、ローズがにこにこと笑う。

「あなたを見ていると、なんだか警戒心のない小動物でも見ている気分になるわ」

「え?」

「なんでもないわ。どうぞお好きなものをお食べになって?」

「ありがとうございます! じゃあ……」

色とりどりのマカロンに目移りしながら、ローズは黄色のそれを手に取った。レモンクリームのマカロンである。

「マカロンが好きなのね」

「はい!」

「そう。余ったら包んで持って帰っていいわよ。わたくしはマカロンよりショコラケーキのほうが好きだから」

「いいんですか？　侍女も喜びます！」

「侍女……ああ、あの失礼な侍女ね」

ブランディーヌが顔をしかめて、ぐさりとショコラケーキにフォークを刺す。

「あ……えっと、あの時はミラが失礼をいたしました」

「いいのよ。あなたをかばおうと必死だったんでしょ。ちょっと過保護すぎる気もするけど。侍女というよりは、母親とか姉のような感じがしたわ」

その感想は間違っていないだろう。ローズがミラを姉のように思うのと同様に、一緒に育ってきたミラも、ローズを妹のように思ってくれていると思う。

けれども、ローズの特殊な生い立ちは、わざわざ口に出すようなものではない。ローズは曖昧に笑って、ティーカップに口をつけた。

「わたくしね、少し期待をしていたのよ」

お菓子を食べながらお茶を飲んでいると、ブランディーヌも徐々にローズに気を許してきたのか、ショコラケーキを食べながら、ぽつりぽつりと自分の心の内を打ち明けてくれる。

「婚約が解消されてから、レオンスとはずっと会っていなかったわ。ブロンデル国との関係性を考えると、安易に手紙も送れない。八年がたって、もうどうあっても無理かしらって思っていた時に、国交改善を目指してレオンスがこの国に来たって聞いたの」

ショコラケーキを一つ食べ終えて、ブランディーヌが次に何を食べようかと皿の上を物色する。

そして、ピスタチオのケーキを取ると、フォークで切り分けて口に運びながら続けた。

「国の関係が改善すれば、もしかしたら復縁もあり得るかもしれない、そう思ったわ。でも、レオンスはわたくしには興味がなかったのね。この国に来たというのに、ちっとも会いに来てくれなかった。八年間想い続けていたのは、わたくしだけだったのだと思うと、悔しくて悲しくて、あなたにあたってしまったのね」

「レオンス殿下は、ブランディーヌ様のお気持ちを知っているんでしょうか？」

「知るはずがないわ。だってレオンスは、わたくしのことなんてどうでもいいんだもの。国のことに忙しいのよ。……そしてそのうち、どこか別の国の王女か自国の令嬢と結婚するんじゃないかしら」

愁いを帯びたブランディーヌの声に、ローズは小さな疑問を持った。

（本当に、そうなのかしら？）

レオンスがブランディーヌとの婚約を解消して八年がたっている。レオンスは現在二十五歳だと聞いた。ブロンデル国の成人が十六歳であることを考えると、レオンスに結婚する気があるのならば、すでに誰かと婚約なり結婚なりをしていてもおかしくない。王太子ともなれば世継ぎ問題も絡んでくるので、いつまでも独り身でいるはずがないのだ。

（このタイミングでレオンス殿下がマルタン大国との国交改善に動いたことも、何か理由があるはずだわ）

ラファエルの口ぶりだと、お互いの国の主張は全くかみ合っていない。普通ならば、王太子たちが動くのは、外交官たちが話し合いを重ねて、もう少しお互いが譲歩できる案が出てからではないだろうか。平行線のままでは、はっきりいって時間の無駄なのである。レオンスだって、多くの時間を無駄にするだろうとわかっていたはずだ。それなのに無理に動いたのは、ほかに理由があったのではなかろうか。

都合よく考えすぎかもしれないけれど、その「ほかの理由」に、ブランディーヌが関係しているのではないかとローズは思う。そうであってほしいという希望もあるけれど、レオンスは、これ以上ブランディーヌを待たせることはできないと思ったのではないか、と。ラファエルが聞けば、夢を見すぎだと笑われるだろうか。

「あなた、目を開けたまま寝ているの？」

「え？　あ、違います！　ちょっと考え事を……」

「考え事？　……ああ、そうなの。ぼけっとした顔をしているから寝ているのかと思ったわ」

少しくらい表情を取り繕うことを覚えたらどうかしら、とブランディーヌがあきれ顔をする。けれども、ローズは同時に二つのことに集中できるほど器用ではないので、この癖をどうにかするのはたぶん無理だ。

ローズはショコラのマカロンに手を伸ばし、空気のように軽いそれをゆっくりと咀嚼すると、顔をあげた。

「あの、ブランディーヌ様。差し出がましいかもしれませんが……、レオンス様に、お気持ちを伝えたらどうですか？　人目があったら難しいかもしれませんけど、二人きりなら、お伝えしても問題ないですよね？」

「あなた、わたくしが謹慎処分を受けていることを忘れたの？」

「それなら、わたしが何とかしてみせます。だから……」

「仮にできたとしても、それを言ったところで、どうなるというの？」

「どう……なるかは、わたしにはわかりませんけど……でも、ブランディーヌ様はこのままでいいんですか？」

「……まあ、よくはないでしょうね。わたくし、どこかに強制的に嫁がされるらしいから、このまだともう二度と会えなくなるでしょうし」

ジゼルがローズにブランディーヌの処断を任せたことを知らないのか、ブランディーヌは遠い目をして自嘲する。

ローズがハッとして、ジゼルからブランディーヌの件はローズ預かりになったことを暴露すると、ブランディーヌは目を丸くした。

「あら、それを言っていいの？　わたくし、あなたに取り入って処罰が軽くなるように働きかけるかもしれないわよ」

その考えが及ばなかったローズは「あ！」と声をあげる。

「あ……ええっと……」

「ぷっ、冗談よ」

ブランディーヌはくすくすと笑って、綺麗に整えられた爪先で顎を叩いた。

「あなた、お人よしって言われない？」

「い、いえ、あまり。……迂闊だとは、言われますけど」

「そうね、迂闊だわ」

「うぅ……」

はっきり言われてしょぼんとしたローズに、ブランディーヌが「でも」と続ける。

「でも、何も言えないまま永遠に会えなくなるくらいなら、レオンスに話してみようかしら。何も変わらないかもしれないけれど、少なくとも何もせずに後悔するよりはましかしらね。協力してくれるのよね？」

「はい！　もちろんです！」

「ふふ……」

ブランディーヌは今日一番の柔らかい表情で微笑むと、ふとローズの頬に視線を止めた。

「この前は、叩いて悪かったわ。ごめんなさい。もう痛くない？」

「大丈夫です」

「そう……よかった」

ホッと息をついて、ブランディーヌは時計を確認すると、ベルで侍女を呼びつけた。

「今日はもうお帰りなさい。そろそろラファエルの手が空きそうだもの。馬鹿みたいに過保護になっているラファエルなら、あなたが王宮から戻っていないことを知ると乗り込んでくるわよ」

ブランディーヌにならって時計を見れば、夕方を指していた。

ブランディーヌは呼びつけた侍女に、ローズのためにマカロンを包むように指示を出す。

「今日はお話しできてよかったわ。……ミラと言ったかしら。あなたの侍女にも、一言お詫びを言っておいてちょうだい。ひどいことを言ってしまったから」

「必ず伝えておきます」

マカロンの包みを受け取って、ローズはふわりと笑うと、扉の外で心配そうな顔で待っていたニーナとともに王宮をあとにしたのだった。

☆

（まずはレオンス殿下のご都合を聞かないといけないわよね？）

ブランディーヌとレオンスに、二人きりで会う機会を作るためにまずすることは日程調整だろう。

一番忙しいレオンスにまず予定を確認しなければならない。

予定が決まれば、ジゼルに相談してブランディーヌの謹慎を解いてもらうように働きかけてもらう。

場所は、レオンスと相談して決めればいいだろうか。ブロンデル国の王太子を王宮に招こうとしたところで、必ず側近がついてくるのは目に見えているため、レオンス本人に一人きりになりやすい場所を選択してもらうのが一番手っ取り早い。

頭の中で今後の行動予定を立てながら城の部屋に戻ると、ちょうど中からラファエルが飛び出してくるところだった。

「ああ、ローズおかえり！　部屋にいなかったから王宮へ迎えに行こうと思っていたところだったんだ」

(ブランディーヌ様の予想通りだったわね……)

ラファエルの仕事が終わってもローズが帰っていなかったら王宮に乗り込んでくるだろうと推測したブランディーヌは、見事に的を射ていたようだ。

ラファエルとともに部屋に入ると、ローズの顔を見てミラがホッと息をつく。

(ラファエル様もミラも、ちょっと過保護すぎるわ)

苦笑しながら、ローズはラファエルと並んでソファに腰を下ろす。

夕食まではまだ時間があるのでミラがてきぱきとお茶の用意をし、気をきかせてニーナとともに控室へ下がっていった。

ローズがお土産にもらったマカロンの包みをローテーブルに置くと、ラファエルが不思議そうな顔をする。

「それは？」

「ブランディーヌ様にいただきました」

「姉上に？　ローズ、姉上に会ったのか!?」

「はい。王妃様にお会いした後にですけど……」

ニーナにジゼルにコンタクトを取ってもらったことと今日のことをローズが素直に白状すると、ラファエルはあんぐりと口を開ける。

「どうしてそんな……」

「やっぱりこのままだとダメだと思ったので。……勝手な真似をして、ごめんなさい」

ラファエルに禁止されたのに言いつけを守らず勝手に動いたから、ラファエルは怒っただろうか。

びくびくしながらローズがラファエルを見つめていると、彼はシトリン色の髪をぐしゃりとかき上げた。手つきが少し乱暴なので、イライラしているのかもしれない。

「ローズに関わらせたくなかったのに。……くそ！　母上め、勝手に余計なことを決めやがって。ブランディーヌの処罰を君が決定するなんて、優しい君には荷が重すぎる！　今からでも遅くない、母上に断りに行こう」

イライラしているからだろう、ラファエルの口調が少し乱れている。

「え、ダメです！　い、行きませんよ！」

「ローズ！」

「だって、これは、わたしが向き合わないといけない問題だと思うんです！」

「もしかして、母上の言ったことを気にしてる？　ローズがこの件を断ったせいで俺との結婚が流れることはないから。母上が何を言ったところで俺が何とかするから、気にしなくていいんだ」

（でも、それだったら、結局何も変わらないわ……）

ラファエルがローズを守ろうとしてくれているのはわかっている。

だけど、それではローズは強くなれない。ラファエルとミラに守られて、二人がローズを守ろうとすることで不利益を被ったとしても、今のローズのままならば守ってあげられる力がないのだ。

「い、いやです」

ローズはふるふると首を横に振った。

このままなのは嫌だ。守ってもらうだけなのは嫌だ。

ラファエルがローズを大切にしてくれるように、ローズだってラファエルが大切なのだ。

（すぐには無理かもしれないけど、強くなるって決めたの）

部屋の中に閉じこもり、他人を恐れて震えて怯えるだけのローズは、ラファエルの手を取ったときに卒業したのだから。

「わたしも、ちゃんと強くなるんです。強くなろうって決めたんです。堂々とラファエル様の隣に立てるように。今度何か起こったときには、わたしがミラを守れるように。頼りないかもしれないけど、わたしも二人を守れるようになりたいんです」

ローズは身長も低めだし手も小さいし、腕力もなければ走る速度も恐ろしくのろくて、迂闊で全然しっかりもしていないけれど、守られるだけのお姫様になるつもりはない。

すぐには変われないかもしれないけれど、一歩ずつでも前進するのだ。

「ローズ、君は……」

「ローズさまぁああああああああ‼」

ラファエルが何かを言いかけたが、それをぶった切るように控室の扉が勢いよく開け放たれた。

突進してきたミラがローズに抱きつき、ぼろぼろと泣き出す。

「……聞き耳を立てていたな」

ラファエルがじっとりとミラを睨んだ。

ミラを止めようとして止めきれなかったニーナが、はあ、と額を押さえる。

「ローズ様、わたくしもこれまで以上にローズ様をお守りできるようになりますからぁああああああ」

「ミラは、今のままでも充分すぎるほどわたしのことを守ってくれているわ！」

これ以上ミラが頑張ったら、それこそ何をするかわからないところがあるので、ローズは慌ててミラを止める。

「ミラ、お二人の邪魔ですよ」

「そうは言いますが、ローズ様が！　わたくしのローズ様が……！」

「お二人とも、失礼いたしました。ミラは連れて行きますので」

ニーナがミラをローズから引きはがして、半ば引きずるようにして控室に連れていった。

控室の扉が閉まっても「ローズ様ぁ」と聞こえてくる声にラファエルが苦笑する。

「なんだかミラに全部持っていかれた気分だ」

「ミラがその、すみません」

さすがに部屋に飛び込んでくると思わなかった。

ローズが謝罪すると、ラファエルが「いいんだけどね」と言いながらローズを抱き寄せる。

「感動は俺が一番に伝えたかったのに、ちょっとだけ残念かな」

感動とはなんだろうか。

ラファエルの腕の中で顔をあげると、ラファエルがちゅっとローズの額にキスを落とす。

すると、キスされたところに手を触れて顔を赤く染めたローズの、今度は頬にキスが落ちてきた。

「心配なのも本当なんだけど、不思議だね。君が俺の隣に立ちたいって、俺を守りたいって言ってくれたのが、すごく嬉しい」

ラファエルが優しい手つきで藍色のローズの髪を撫でる。

「君はこんなに可憐で優しくて可愛くて、これ以上ないくらいに俺を虜（とりこ）にしているのに、さらに勇敢さまで加わるなんて……愛おしすぎて、永遠に腕の中に閉じ込めていたくなるね」

「そ、それはダメですっ。ずっと腕の中に閉じ込められていたら、ドキドキしすぎて、心臓がいくつあっても足りなくなっちゃいます！」

真剣な顔でそんなことを言うローズに、ラファエルはきょとんとして、それからぷっと吹き出した。

「ふ、ふふふ、あははははは！　ローズ、君ってば……！」

心配する所はそこなのかと、ラファエルはしばらく笑い続けたが、ローズは彼がどうしてそんなにおかしそうなのかわからずに、ただきょとんとして彼を見つめたのだった。

☆

次の日、ローズはレオンスの予定を確認するために彼の部屋へ向かっていた。

レオンスの側近の中にはブロンデル語しか話せない人もいるので、語学に堪能なミラも一緒だ。

けれど、目的地のレオンスの部屋に到着する前に、ローズは廊下でレオンスと鉢合わせすることになった。

「ローズ王女！　よかった！　今から君に会いに行こうと思っていたところだったんだ！」

レオンスはいつになく焦った顔をしていた。

「わたしもレオンス殿下にお話しがあってお伺いするところでした」

「そうか。じゃあちょうどよかったね。私の部屋には側近たちがいるから……そうだな、ええっと、君の部屋の方が都合がいいかな。お邪魔していい？」

「は、はい、それはかまいませんが」

レオンスの話は、側近たちの耳に入れては問題があることなのだろうか。

レオンスとともに来た道を戻って部屋に入ると、ニーナとミラがお茶の準備をしてくれる。レオンスがミラたちを気にしていたので、どうやら彼女たちがいても話しにくいことなのかもしれない。

「ミラ、ニーナ、ありがとう。あとは大丈夫だから下がっていてもらってもいい？」

「控室の扉は、少し開けておいてもよろしいですか？」

かしこまりましたと返事をした後で、ニーナがレオンスに聞こえないようにそっと耳打ちしてきた。ミラとニーナが下がれば、部屋の中にレオンスと二人きりになる。婚約者以外の男性と二人きりになるのは、体裁上よろしくないのだ。

ニーナの気遣いをありがたく思いながら小さく頷けば、ニーナが心配そうな表情のミラを連れて控室へ下がる。

二人が部屋からいなくなると、ローズは背筋を正した。

「それで、お話しというのは？」

「ローズ王女も私に話があったんじゃないかな？」

「わたしの件はあとからでも大丈夫ですよ」

「そう？　ええっと……。いや、ごめん。君を探していたのは本当なんだけど、こんなことを君に訊いてもいいのか少し迷ってしまって。確認の意味というだけで他意はないから、不快に思わないでほしいんだけど……、ブランディーヌが君に危害を加えたことで謹慎させられていると聞いたんだ」

情報は伏せられていたはずだけれど、どこからかレオンスの耳に入ったようだ。

嘘をつく必要もないのでローズが首肯すると、レオンスの表情が曇った。

「謹慎後には、国内のどこかの貴族に嫁がされるだろうというのも聞いたけど、本当かな」

「それは……」

厳密に言えば、その決定権はジゼルの指示で現在ローズが握っている。ローズとしてはブランディーヌが嫁がないでいいようにしたいと考えているのだが、どこまでできるかはわからないので、その質問には肯定も否定もしにくい。

「そういう話が、あるのは事実です。決定では、ないですけど」

「私は決定だと聞いたけれど」

ローズは言葉を濁すことで明確な回答を避けようとしたが、レオンスが食い下がって来る。

「いろいろあって、保留扱いになっているところがあるんです」

ブランディーヌにも迂闊と言われてしまったから、決定権をローズが握っていることはレオンスに教えるわけにはいかない。

「保留ということは、取り下げられてもないんだね」

「そ……そういうことに、なりますけど」

あまり突っ込んで質問されるといつボロがでるかわからないので、ローズは気が気でない。

「こういう言い方をするのは失礼かもしれないけど、君がブランディーヌを許すと言っても、取り下げられないものなのかな」

「ええっと……」

「ああ、ごめん。責めているんじゃないんだ。被害者は君だし、ブランディーヌが悪いこともわかっている。でも……」

レオンスは焦りと不安が入り混じった顔をしている。

（ブランディーヌ様のことを、すごく案じているのね）

ブランディーヌは、レオンスはブランディーヌのことをどうでもいいと思っていると言っていた。

だが、この顔を見る限り、そんなことは絶対にないと思う。ブランディーヌをどうでもいい存在だと思っているなら、わざわざこんな質問をするためにローズに会いに来るはずがない。

「あの、すごく不躾なご質問になると思うんですけど、よろしいですか？」

あまり出しゃばりすぎるのはよくないと思いつつも、ローズは聞かずにはいられなかった。

「どうぞ気にしないで？　私も大概不躾な質問をしてしまったところだからね」

「それでは……」

ローズは深呼吸をすると、僅かな表情の変化も見逃すまいとレオンスを凝視しながら口を開く。

「レオンス殿下は、ブランディーヌ様のことをどう思っていらっしゃるんですか？」

「え……」

レオンスが、青灰色の瞳をこれでもかと見開いた。

「ブランディーヌ様との婚約は八年前に解消になりましたけど、そこですべてが終わってしまっているのでしょうか？」

レオンスは目を見開いたまま、硬直してしまった。

瞬きも忘れて、見開いた瞳を揺らしている。

「少なくとも今のレオンス様は、ブランディーヌ様をとても心配されているように見えます。違いますか？」

「……それ、は」

レオンスは大きく息を吸いこんで目をつむった。

そこに何らかの葛藤があるように見えて、ローズはそれ以上の言葉は重ねずにレオンスの答えを待つ。

レオンスは肺の中をからっぽにするほど長い息を吐いて、瞼をあげた。

「君相手に誤魔化しても仕方がなさそうだね。……そうだよ。私はブランディーヌが心配だ。すごくね。なぜなら、この八年……彼女のことを片時も忘れたことはなかったから」

レオンスがそう言いながら、ポケットからハンカチを取り出した。それは、少し前にローズが廊下で拾ったハンカチだった。

「大切なものだって言っただろう？　このハンカチはね、ブランディーヌがくれたんだ。時間をかけて一生懸命刺繍をしてくれてね。……私の宝物なんだよ」

ハンカチの刺繍に、愛おしそうに指先を触れて、レオンスは続ける。

「私がこうしてマルタン大国を訪れたのも、もう一度機会がほしかったからだ。去年の年末からお互いの国が多少の歩み寄りの姿勢は見せているとはいえ、正直言って今の状況ではヒルカ島の問題を解決することは難しいだろう。でもこれ以上待っていられなかった。私もいい加減結婚しろとせっつかれているし、ブランディーヌだって二十一歳だろう？　私と婚約破棄になったことで結婚が遅れているようだけど、そろそろどこかに嫁がされてもおかしくない。本音を言えば、こちらが譲歩してでもさっさと問題を片付けてしまいたいくらいには焦っている。……もちろん、王太子である私が、そんな勝手をするわけにはいかないけどね」

（やっぱり……）

ローズは疎いので、ただの勘違いかもしれないとも思ったけれど、レオンスはやっぱりブランディーヌのことを想っていたのだ。

（これならば、わたしの提案もきっと受けてもらえるはずよね）

ハンカチを優しい目で見つめるレオンスなら、絶対に断ったりはしないだろう。

「あの……」

ブランディーヌが、レオンスと二人きりで話をしたがっている。

ローズがそう告げると、レオンスはびっくりした顔になって、それからふわりと微笑んで、二日後の昼に予定の調整がつけられることを教えてくれた。

☆

レオンスとブランディーヌが話す場所として用意されたのは、城と王宮から少し離れたところにある王家の別邸だった。

離れたところにあると言っても、城門の内側に建てられている。

この別邸は、百五十年ほど前に建てられたものだそうだ。

当時の国王はとても好色な人で、王宮に入りきらないだけの側妃や愛妾を抱えていたため、王宮に入りきらない側妃や愛妾の一部を住まわせるためにこの別邸を建てたのだという。

「城からも王宮からも離れているから、人目につきにくいだろう。ここならゆっくり話せるんじゃないか？」

ラファエルがそう言って、当日は別邸の鍵をあけておくと約束してくれた。

レオンスとブランディーヌは二つ返事で了承し、レオンスが指定した二日後の午後、密かに元婚約者同士の話し合いの席が設けられることになった。

「嬉しそうだね、ローズ」

レオンスとブランディーヌの邪魔はできないので、ローズは城の部屋で待機だが、窓際に座ってにこにこしながらここからでは見えない別邸のあたりを眺めていると、ラファエルが苦笑しつつローズの背後に立つ。

「まさかレオンス殿下があの姉上のことを想っていたなんて驚いたけど、今後どう転ぶにしても、これで二人とも一区切りはつけられるのかな」

「区切りをつけるんじゃなくて、できれば何かがはじまってほしいです」

「ローズ、現実は恋愛小説のようにはいかないものなんだよ」

少なくとも国交問題が改善しなければどうすることもできないと言って、ラファエルが背後からローズを抱きしめるように腕を回す。

「それにしても、レオンス殿下は姉上のどこがいいんだろう」

「ブランディーヌ様はお可愛らしい方ですよ？」

「どこが？　まさかローズ、マカロンで懐柔(かいじゅう)されたんじゃないだろうね」

「そ、そんなことはありませんよ！」

さすがにマカロンをもらっただけで人に懐いたりはしない――はずだ。いや、どうだろう。何かをもらったらその時点で「いい人」と認識してしまうかもしれない。なぜならラファエルとはじめて会ったときも、アート・ギャラリーのパンフレットを買ってもらって「いい人」と思った気がする。まあ、結果的にラファエルはいい人だったけれど。

（うぅ、だから迂闊って言われるのね。気をつけないと……）

ローズはラファエルと結婚するのだから、隙が多いままではいけないのである。

むん、と拳を握りしめて決意していると、ラファエルが妙な顔をした。

「ローズ、その顔になんだか不安になって来たんだけど、何を考えているの？」

「ブランディーヌ様のように隙のない女性になろうと――」

「やめてくれ！　頼むから！　あれは手本にしたらダメだ！」

「？」

全力で止められて、ローズは「ん？」と首をひねる。

「だいたい隙がないというが、隙がなかったらローズに手をあげて謹慎させられるようなことにはならない。あれは隙がないのではなくて、気が強くて感情的で身勝手なだけだ。ローズは何も手本にしなくていい。今のままで充分だから、余計なことは考えないでくれ」

（でも、今のままだったら迂闊なのよね？）

何が正解かわからず、むぅっと唸っていると、ラファエルがローズを抱きしめる腕に力を籠める。

「頼むよローズ。俺はあの姉が苦手なんだ。ローズに悪影響があると思うと、姉上を地中深くに埋めるか、海の底に沈めてやりたくなる」

「だ、だめですよ！」

なんてことを言うのだろう。

ローズが青くなると、ラファエルが小さく笑って「もちろん、本当にできるとは思っていない」と言う。

「だが、さっさとブロンデル国との問題が片づいて、姉上がレオンス殿下に回収されればいいのにとは思っている」

言い方はどうかと思うが、それはつまり、ラファエルもレオンスとブランディーヌの恋路を応援してくれているということだろうか。

（なんだかんだ言って、ラファエル様はやっぱり優しいわ）

ローズはふにゃりと笑った。

ラファエルは、現実は恋愛小説のようにうまくいかないと言ったけれど、うまくいくことだってある。少なくともローズは、ラファエルと出会い、こうして側にいられることは、恋愛小説のように――いや、それ以上に素敵なことだと思っていた。

（今頃どんなお話をしているのかしら？）

お互いの気持ちを確かめて、優しい抱擁（ほうよう）を交わしたりしているのだろうか。想像するだけでドキドキする。

二人の邪魔をしてはいけないという気持ちと、どうなったのか早く知りたいという気持ちがせめぎ合って、ローズがそわそわしはじめたときだった。

「ローズ様、お客様が……」

ローズとラファエルに気を遣って壁際に控えていたミラが、戸惑った顔で声をかけてきた。

「お客様？」

「はい、それが……」

ミラがそっと扉を開く。

ローズとラファエルは振り返って、そしてお互いに目を丸くした。

「レオンス殿下？」

扉のところには困惑顔のレオンスが立っていた。

レオンスはローズとラファエルを交互に見て、そして――

「いつまでたってもブランディーヌが来ないんだが、二人とも何か知らないかな？」

七、消えたブランディーヌ

「ブランディーヌ様が来ないって、え？　どういうことですか？」

「姉上は別邸にいなかったんですか？」

ローズとラファエルがほぼ同時に口を開いて、レオンスが青灰色の瞳を揺らす。

「どういうことなのかは私もよく……。それからラファエル。別邸は使えなくなったんじゃなかったのか？」

「いや？　ちょっと待ってください。別邸が使えなくなったって、誰からそんなことを聞いたんですか？」

「側近が伝言を受け取って、城のティーサロンを使うことになったと聞いたんだが」

「伝言？　誰からです？」

「ローズ王女からの伝言だと聞いたけど」

「わたし、そんなこと伝言していないですよ？」

ローズはラファエルと顔を見合わせる。

（どういうことなのかしら？）

何か行き違いがあったのだろうか。そこまで考えて、ローズはハッとする。

「大変！　だったらブランディーヌ様はずっと別邸で待っていらっしゃるかもしれませんよ！」

「何だって⁉　ラファエル殿下、ローズ王女、急いで行ってくるよ！」

レオンスがさっと顔色を変えて、慌てて部屋を飛び出していく。

ラファエルは顎に手を当てて考え込んでから、ローズの手をつかんだ。

「ローズ、俺たちも行こう。ローズの名前で伝言があったというのが気になる」

「そうですね！」

待たされたブランディーヌは不安になっているだろうし、怒っているかもしれない。ローズたちも行って、ブランディーヌに事情を説明した方がよさそうだ。

ローズとラファエルが急いで別邸に向かうと、玄関からレオンスが飛び出して来た。

「レオンス殿下？」

「ああ、ラファエル殿下！　ちょうどよかった！　ここにもブランディーヌがいないんだ！　これが……」

落ちていたと言って、レオンスが少し色あせた空色のハンカチを差し出す。

「これは昔、私があげたハンカチだから……ブランディーヌのもので間違いないはずだ」

ハンカチの隅にはブランディーヌのイニシャルと、白い鳥が刺繍されていた。

（どうしてハンカチが？）

ブランディーヌがいなくて、ハンカチだけが落ちていたというのはどういうことだろう。

ローズがパチパチと目をしばたたいていると、ラファエルは険しい顔になって、くるりと踵を返した。

「ローズの部屋に戻りましょう。行こう、ローズ。ここで立ち話をする内容じゃない」

「は、はい！」

「あ、ああ……」

動揺しているレオンスが、ハンカチを握りしめたままラファエルを追う。

部屋に戻ると、ラファエルはローズの部屋の前の兵士を捕まえて、至急セドックを呼んでくるように命じた。それから別の兵士に、城を巡回している衛兵に声をかけて、ブランディーヌが城の中にいないか調べるように告げる。

ラファエルの雰囲気がピリピリしているから、これはよほどのことが起こったと考えていいだろう。

（なにがあったの？）

ローズがきゅっと胸の前で手を握りしめる。

呼ばれて急いで駆けつけてきたセドックに、ラファエルは王宮にブランディーヌが戻っているかを確認に行かせた。

レオンスがハンカチを握りしめたまま、部屋の中を右往左往している。

「ブランディーヌ王女はいなかったぞ。何があった？」

短時間で確認を終えて戻って来たセドックが、報告を聞いて青ざめたレオンスに視線を向けて、ぐっと眉を寄せた。

城の中を探すように命じた兵士は戻って来ていないが、戻りが遅いところを見るとブランディーヌは見つかっていないのだろう。

「姉上がいなくなった。何かがあったのかもしれないが、情報がない状態では捜索隊は動かしにくい。周りに気づかれずに調べられるか？　城の敷地内にいなければ誘拐の線も疑ってくれ」

（誘拐!?）

ラファエルが言うには、ブランディーヌの行動範囲はどれだけ歩き回ってもせいぜい城の敷地内で、その外へは行かないという。城壁の内側にブランディーヌがいなければ連れ去られた可能性が濃厚なのだそうだ。

愕然としたセドックがすぐに表情を引き締めて頷いた。

「手配しよう。ほかには？」

「ローズの名前でレオンス殿下の側近に伝言があったらしい。伝言を持ってきた人物を探し出せ。姉上が城の敷地内にいなかった場合、姉上の誘拐に関与している疑いがある。レオンス殿下、側近の名前を訊いてもいいですか？」

ダヴィドという名前には聞き覚えがあった。ローズがレオンスのハンカチを届けようとしたときに部屋にいた側近だ。

（あれ……？）

ローズは引っかかりを覚えて、頬に手を当てた。

「ローズ様、どうかしたんですか？　気になることでも？」

三人が話を進めているときにぽやんとした顔で考え込んだローズにミラが気づいて訊ねてくる。

ローズはおっとりと頷いた。

「ええ……。ねえ、ミラ。ダヴィドさんって、ブロンデル語しか話せない方だったわよね？」

ローズがダヴィドに会ったのは一度きりだが、大陸共通語も話せなかったからミラが通訳に回ってくれたはずだ。

ローズがミラに何気なく放った一言に、レオンスとラファエルが瞬時に反応した。

「確かにダヴィドはブロンデル語しか話せない」

「それならば、ダヴィドに伝言した人物はブロンデル語が話せる人間ということになるが、この国でブロンデル語が堪能な人間なんてほとんどいないぞ。……そうだろう、ニーナ」

「はい。ほとんどいないと思われます。わたくしも簡単な挨拶くらいしかできません。ダリエ夫人もおそらく読み書きができるくらいではないでしょうか？　わたくしが知る限り、ブロンデル語を流暢（りゅうちょう）に操れる侍女はミラくらいしかいないと思われます」

「ミラはずっとわたしと一緒にいましたよ」

ミラに疑いがかかるかもしれないと慌ててローズが庇おうとすると、ラファエルが「わかっているよ」と苦笑する。

「だがそうなると……、ますます伝言をした人物が怪しくなるな。本当にそれは使用人か？」

「ダヴィドに訊くのが早いだろう」

レオンスが確認してくると告げて部屋を出ていく。

「レオンス殿下の部屋に近づいた人物を全員調べよう」

「ああ。セドック、任せた」

「了解」

セドックが調査のため部屋を出ていくと、入れ替わりでレオンスが戻って来た。走ったのだろう、息が乱れている。

「レオンス殿下、何かわかりましたか？」

ラファエルの問いかけに、レオンスは乱れた息を整えながら、不安と焦燥交じりに答えた。

「ダヴィドがいない！」

翌朝になっても、ブランディーヌは見つからなかった。

レオンスの側近のダヴィドも戻ってこなかったという。

情報交換もかねて、ローズとレオンス、そしてセドックは朝食を一緒に取るという名目でラファエルの部屋に集まった。

ブランディーヌが消えたことは、昨日のうちにアルベリク国王とジゼル王妃には連絡を入れていて、今朝になっても見つからなければ捜索隊を動かす手はずを整えていた。捜索隊の指揮はアルベリクの指示で騎士団長が執ることになっている。

アルベリクが捜索隊の指揮者にラファエルを据えなかったのは、ラファエルに自由に動ける環境を与えたかったからだろう。

アルベリクとジゼルには報告したが、外部にはダヴィドのことは伏せられている。ブロンデル国の王太子の側近と同時刻にブランディーヌが消えたとなれば、妙な憶測をする人物が現れるだろうと、ブランディーヌの名誉のためにもこちらは秘密裏に探れとの指示が出ているのだ。

「セドック、進展は?」

いつもより早い動きで食事を取りながらラファエルが訊ねた。

「ある。ダヴィドに接触した人間を捕まえた。別邸の掃除を担当しているメイドで、母親がブロンデル人だ。それもあり、ブロンデル語が操れるらしい。昨日、ブランディーヌ王女が別邸にやって来たとき、眠り薬を入れた紅茶を飲ませたと白状した。別邸にはほかにもメイドがいたが、ブランディーヌ王女が薬で眠りに落ちる前に、そのメイドによって全員別邸の外に出されていたようだ。……もともとレオンス殿下とブランディーヌ王女を二人きりにしろと指示を出していたから、別邸から出ろと言われてもほかのメイドも疑わなかったのだろうな」

一日足らずで、セドックはそこまで調べ上げたのか。セドックの有能さにローズは仰天したが、ラファエルが彼が何らかの情報を仕入れて来ることは想定済みだったのか平然としていた。

「そのメイドが犯人か？」

「そうだったら簡単なんだが、どうも事態はややこしいようだ」

セドックがちらりとレオンスに視線を向けてから、朝食とともに用意されているオレンジジュースで喉を潤して続ける。

「メイドによると、そのメイドに声をかけてきたのはダヴィドの方かららしい。そのメイドは、母方の祖母がヒルカ島出身で、内乱の末に処刑された末王女の乳母を務めていたそうだ。メイドの祖母は末王女が処刑された時に一緒に処刑、メイドの母親の方は父親——メイドから見れば祖父とともに命からがらブロンデル国へ逃げていたという。ダヴィドがその事情を知っていたのかどうなのかはわからないが、ダヴィドから、ヒルカ島を取り返さないかと持ち掛けられたと言っていた」

「ちょっと待ってくれ」

レオンスが口の中にあった食べ物を水で流し込み、セドックの話を遮った。

「ダヴィドが、ヒルカ島を取り返さないかと持ち掛けただって？」

「ええ。メイドはそう言っています」

「そのメイドが嘘をついているということは？」

「それはないでしょう。メイドの子供を人質に取って、それなりに脅しましたから」

「やりすぎていないいんだろうな」

「言葉で脅しただけで、拷問まではしていない。……吐かなければ目の前で息子を嬲り殺すとは言ったけど」

（嬲り殺す……）

ぞっとして、ローズはカトラリーを取り落とした。

ローズが蒼白になると、ラファエルが慌てたようにセドックに注意を入れる。

「場所を考えろ！」

「もちろん脅し文句であって、本当にそんなことはしないさ」

「当たり前だ！」

（セドックさんって、優しそうに見えて、なかなか怖い人なのかしら……）

急に食欲がなくなってきて、ローズが食事の手を止めると、ラファエルがじろりとセドックを睨む。

「お前のせいでローズが怯えたじゃないか！　ローズ、セドックは何も怖いことはしていないから。

ほら、このサラダはさっぱりしていて美味しいよ」

根野菜を賽の目に切ってドレッシングであえた温サラダを、ラファエルがスプーンですくって口に近づけてくる。ローズがおずおずと口を開くと、彼はホッと息をついた。

セドックはそんなラファエルにあきれ顔をして「話を続けるよ」と再び説明を開始する。

「メイドはヒルカ島は正直どうでもいいと思っていたらしい。祖母がヒルカ島出身者だからと言って、本人はヒルカ島に思い入れはなかったと言った。ただ、協力してくれたらヒルカ島での暮らしを一生保証してやると言われて協力することにしたそうだ。メイドは三年前に夫を亡くしていてね、女手一つで四人の子供を育てているんだって。城のメイドの給料はよその貴族の邸で働くのと比べて高いけど、それでも生活が苦しかったみたいだね。仕事中は託児所を利用しているようだけど、四人分となればその金額も馬鹿にならないだろうし」

「……ダヴィドが」

レオンスはメイドの話よりもダヴィドのことがショックだったのだろう。眉を寄せて俯くと、そのまま押し黙ってしまった。

セドックはレオンスに視線を向けて、少し言いにくそうに口を開く。

「メイドによると、ダヴィドは背後にブロンデル国の大臣がいるようなことを口にしていたそうです。ヒルカ国の復興を強く願っている誰かとつながりがあるのかもしれません」

「大臣か……。それならおそらく、ヒルカ国の元王女シャンタルの夫だろうな。父の従兄弟にあたるんだが……あの男は、戦争を起こしてでもヒルカ島を取り返せという乱暴な主張を繰り返していてね。あの男に賛同する人間は少ないけれど、我が国では『強硬派』と呼ばれていて無視できない存在になっている。マルタン大国との話し合いの席には『強硬派』の人間は入れないと決めていたのに、どうやらダヴィドは『強硬派』とつながっていたんだろう」

「つまり、ここまでの話をまとめると、姉上はダヴィドに攫われた可能性があるということか」

レオンスは沈痛な面持ちで口を引き結び明言を避けたが、セドックは頷いた。

「おそらくそうだろうな。交渉材料にでもするつもりだろうから、攫うだけで危害を加えたりはしないだろうが。ダヴィドからのメイドへの指示も、ブランディーヌに眠り薬を飲ませろということだけだったらしいからな」

「交渉材料にする気なら、あちらから動きがあるはずだな」

（ブランディーヌ様……）

セドックは、危害は加えないだろうと言うけれど、攫われたブランディーヌが心細く思っていないはずがない。

祈るように指を組んだローズの前で、ダン！　とレオンスが机の上を叩いた。

その衝撃で、いくつかの料理が皿から飛び出す。

行き場のない感情に耐えるようにきつく目を閉ざしたレオンスは、それからしばらくの間、一言も発しなかった。

ラファエルの読み通り、正午が近くなって、ダヴィドであろうブランディーヌを攫った相手から接触があった。

だろう、と推測でしかないのは、手紙を持って来たのがダヴィド本人ではなく、五十歳前後のマルタン大国の女性だったからだ。

女性は三十代くらいの男に金をもらって頼まれたから、城の門番に手紙を届けに来たと言った。今回の件には、まったく無関係の女性だった。

手紙には、ブランディーヌを無事に返してほしければ、ヒルカ島をヒルカ国の元王女であるシャルダンとその息子に返還し、独立権を認めろと書かれていた。

「ラファエル様、レオンス殿下は……」

「父上のところに行っている。レオンス殿下が関与したことではないけれど、王太子である以上、責任が問われるからね」

「そんな……」

「今回の件がダヴィドの単独なのか、それとも大臣から指示があったのかはわからないけど、あまりにも杜撰（ずさん）な計画だ。この城にレオンス殿下がいることも考慮されていない。本気でやり合おうと思えば、こちらとしてはレオンス殿下の身柄を拘束することもできるのにね」

「そんなことをしたらブランディーヌ様が……！」

「もちろん、そんな馬鹿なことはしない。相手の愚かさにあわせてやる必要はないからね。ただ、そんなことも思いつかない愚者だってことだ」

この件がどう転ぼうとも、ブロンデル国は難しい立場に追いやられるだろうとラファエルが言う。

ゆえにレオンスは、できるだけ自国が不利な状況にならないようにアルベリク国王と交渉する必要がある。ブランディーヌが心配なのは間違いないだろうが、どれだけ心配でも王太子である彼にはそれよりも優先しなければならないことがあるのだ。

「あの、陛下は……」

「姉上に万が一のことがあれば、それなりの覚悟をとレオンス殿下に言っていた。それ以上のことは俺は聞いていないが、あちらの出方次第によっては、最悪戦争になることもあるだろう」

「そんなのダメです！」

「わかっている。俺も父上も戦争は避けたい。レオンス殿下もそうだ。だからこそ、この件は早く片付ける必要がある。長引かせれば長引かせるほどこじれるからな」

ラファエルが疲れた顔でローズを抱き寄せる。

「さっきは杜撰だと言ったけれど、相手はもしかしなくても開戦を望んでいるのかもしれないな。そうならば、やり方としては間違っていない。こちらに要求を突きつけ、飲まなかったことを理由にブランディーヌを殺害すれば、それだけで戦争をはじめる理由としては充分だ。こちらが報復にレオンス殿下を殺害すればなおのこと、戦争は避けられない」

「……戦争は、嫌です。たくさんの人が傷ついて、命を落としてしまいます」

「ああ。俺も嫌だよ」

こつん、とラファエルが身をかがめて、ローズの額に自分の額をつける。

「うちの国もブロンデル国も、軍事力は大陸でも大きい方なんだ。そんなものがぶつかったりしたら、戦争は長引くだろうし、被害も甚大になる。それぞれの同盟国まで参戦してきたら、大陸全土を巻き込んだ大戦になる恐れだってある。それは絶対に避けたい。……三十年前のヒルカ国の内乱のときと違って、今度はどちらかの国を亡ぼすまで止まらないかもしれないからね」

ラファエルはそこで言葉を切って、額をつけたままローズの頭をポンと撫でた。

「今、セドックが動いている。ダヴィドはこの国の人間ではないからな。ブランディーヌを攫った後でどこかに身を潜ませるにしてもほかに協力者がいるはずだ。捕らえたメイドは知らなかったから、まだほかにもいるのは間違いない。協力者を探し当てて、最悪なことが起こる前にブランディーヌを救出する」

「はい……！」

ラファエルが「救出する」と言い切ったのだ。きっと大丈夫。

（ブランディーヌ様、もう少しだけ待っていてください！　ラファエル様とレオンス殿下が、必ずなんとかしてくれるはずですから……！）

☆

（なんなの、すごく暑いわ）

目を覚ましたブランディーヌが最初に思ったことはこれだった。

じっとりとまとわりつく蒸し風呂のような空気に、ブランディーヌは顔をしかめる。

広い部屋だった。――いや、部屋と呼べるほどきちんとした作りではない。もしかして、倉庫だろうか。壁際には、放置されているようにしか見えない蓋（ふた）のない木箱が転がっていて、それ以外は何もない。

暑いのは、壁が薄いのと窓らしい窓がないせいだろう。

ブランディーヌは自分の姿を見下ろして、舌打ちしたくなった。

床には薄い板が敷かれているが意味もないほど土だらけで、ブランディーヌの豪華なドレスはすっかり汚れてしまっている。

ブランディーヌは立ち上がり、ドレスについた土を手ではたき落そうとしたが、はたいただけでは完全には綺麗にならなかった。

「せっかく、お気に入りのドレスを着てきたのに……」

レオンスに会うからと、手持ちのドレスの中で一番好きなものを選んできた。

「そうよ、レオンスに会う予定だったのに……ここはどこ？」

レオンスに会うため別邸に行き、メイドに出された紅茶を飲んで——そこから記憶がプツリと途絶えていた。

（場所からして、わたくしは攫われたのかしら？）

記憶が途絶えていることを考えるに、紅茶か、付け合わせに出されていたお菓子のどちらかに薬が仕込まれていたことは間違いない。

幸いにしてブランディーヌの手足は拘束されていないが、だからと言って、それで楽観視はできないだろう。

おそらく入口には鍵がかかっているか、外に見張りがいるはずだ。確かめようとして入口を開けようとするにはまずい。薄い板の引き戸のようなので、開けようとすれば音が出る。ブランディーヌが何者かに攫われたのならば、相手を不必要に刺激するようなことは避けるべきだ。

（天井が高いし、窓もない……。拘束されていないのは、それが不要だからだわ）

逃げようと思えば入口を使うしかない。つまり逃亡を防ごうと思えば、入口の一カ所だけ監視していればいいのだ。

これはなかなか由々（ゆゆ）しき事態だ。

ブランディーヌがレオンスと会うことは、一部の人間しか知らなかった。その一部の人間の中で、ブランディーヌを攫って得をするのは誰だろうかと考えれば、おのずと犯人は絞り込める。

(ブロンデル国の関係者である可能性が高いわね。……レオンスも、関わっているかもしれないわ)

レオンスを疑いたくないが、現状ではそれは排除できない可能性だ。

ブランディーヌを捕えて何をさせたいのかはわからない。だが、ブロンデル国とマルタン大国との関係性を考えると、この事件をきっかけに、避けられない事態に突入することだってある。

「少なくとも、わたくしとレオンスが再び婚約する可能性は完全に潰えたわね」

どうしてこんなことになったのだろうか。

レオンスのことを信用して、侍女も連れずに別邸に向かったのが間違いだったのだろうか。

考えても仕方のないことが頭の中をぐるぐると回る。

(八年もしつこく想っていたのが、そもそもの間違いだったのでしょうね)

レオンスは、ブランディーヌの初恋だった。国同士の関係のために婚約したブロンデル国の王太子は、大人で優しくて、ブランディーヌの理想がそのまま具現化したような王子様だった。

それなのに八年前、ヒルカ島の利権をめぐってブロンデル国との関係が悪化したことが原因で、ブランディーヌは大好きな婚約者から引き離されてしまったのだ。

幸せから一転奈落（ならく）の底に落とされた当時十三歳だったブランディーヌは、自分でもあきれるほど荒れた。

周囲に当たり散らし、わめき散らし、泣き叫ばなければ立っていられなかった。

そして、壊れそうな自分の心を守るために、こう考えるようになった。

――ブロンデル国との関係が改善すれば、元に戻れる。

――きっとレオンスが迎えに来てくれるから、それまでじっと耐え忍んで待っていよう。

それはある種の自己暗示だったのかもしれない。そう思うことで心が粉々に砕け散るのを防ごうとする一方で、レオンスへの恋心を一層募らせることになってしまったから。

いつか迎えに来てくれる。ブランディーヌには、レオンスだけ。

そんなことを想いながら八年。ブランディーヌは二十一歳になった。

夢を見続けるには大人になりすぎてしまって、そろそろ諦めなければと、何度言い聞かせたかわからない。

それでも諦めきれずに、忘れられずにずるずるとここまで来てしまった。

父も母も、王妃も、ブランディーヌの心を知っているのか、新しい縁談を持ってこようとはしなかった。きっと、ブランディーヌが自分自身で重たい初恋に決着をつけるのを待ってくれていたのだろう。

その結果がこれだ。最悪な、結末。

(わたくしが火種になんてなりたくないわ)

父アルベリクも、弟ラファエルも、自ら戦争をはじめるような好戦的な性格ではない。

けれども、相手から宣戦布告されて黙っているような無能でも臆病者でもないのである。

ブランディーヌを攫ったのがブロンデル国の人間ならば、これは宣戦布告になる。今後のブロンデル国の出方次第では開戦だ。

（せめてわたくしがここから逃げ出せれば、多少なりとも事態は好転するかしら？）

嘆くのはいつでもできる。そんな暇があるならもっと生産的なことを考えろと、ブランディーヌは自分を叱咤した。

（薬で眠らされていたということは、あの日からせいぜい一日かそこらしか経っていないはず）

その間に移動したとなると、王都からそれほど離れた場所ではないだろう。

隙を見て外に出ることさえできれば、あとは何とかなるかもしれない。

（問題は、どうやって外に出るか、ね）

入口は一つで窓はない。つまり、あの木戸を使うしか、外に出る方法はないのだ。

ブランディーヌは足音を殺してゆっくりと木戸に近づいた。作りが甘いのか、木戸には多少の隙間があるから、外の様子がうかがえないかと思ったのだ。

（せめて見張りがいなければありがたいのだけど）

そんなことを考えながら、そっと隙間に顔を近づけたときだった。

ガンッ!!

「きゃあ！」

顔を近づけた途端、何か重たいものがぶつかったのか、木戸が大きく揺れてブランディーヌは悲

ってい る！」

鳴を上げた。

「ブランディーヌか!?」

ハッとして口を押さえたブランディーヌは、外から聞こえてきた声に目を見開く。

「レオンス……？」

「ああ、やっぱりブランディーヌだな。ラファエル殿下！　ブランディーヌはここだ!!　鍵がかかっている！」

「わかりました！　鍵がないので戸を壊しますから離れていてください」

「わかった。ブランディーヌ、危ないからできるだけ戸から離れていてくれ」

「え、ええ……」

何が何だかわからないまま、ブランディーヌは言われた通り木戸から離れる。

するとと、ややしてガンッ、ガンッと耳を覆いたくなるほどの大きな音が響きはじめた。打ち付ける音から察するに、斧か何かで木戸を壊そうとしていると思われる。

茫然としながら待っていると、兵士たちによって木戸は完全に壊され、壊れた木戸の破片をまたいでレオンスが室内に飛び込んできた。

「ブランディーヌ!!」

そのまま駆け寄られて、きつく抱きしめられる。

ブランディーヌはわけがわからず、レオンスの腕の中で、ただぱちぱちと目をしばたたいた。

八、ローズの出した答え

救出されたブランディーヌは侍医から丸一日の安静が言い渡され、王宮の自室ではなく城の客室で休むことになった。

というのも、ブランディーヌを心配したレオンスが離れようとしなかったからだ。

レオンスを王宮のブランディーヌの部屋に泊まらせるわけにもいかないので、一日だけならいいだろうとラファエルがアルベリクに許可を取ったらしい。

（でも、びっくりするくらいの急展開だったわね）

ブランディーヌを見舞った帰り、廊下を歩きながらローズはぼんやりとブランディーヌが攫われてから今日までのことを思い出していた。

今日の正午に手紙が届けられてからが早かったのだ。

ダヴィドは用心して人を使って手紙を届けさせたのだろうが、セドックの方が何枚も上手だったのである。

というのも、ダヴィドが何らかの方法で接触してくるだろうことは、セドックもラファエルもレオンスも予測済みで、王都中に監視の目を張り巡らせていたらしい。

ラファエルが予想したほかの協力者もあっという間に捕らえて、そこからブランディーヌが閉じ込められていた貸倉庫にたどり着くまで二時間もかからなかった。

ダヴィドはブランディーヌを一時的に協力者に用意させた貸倉庫に閉じ込めて、その間にヒルカ島へ移動させる準備を進めていたという。移動のための馬車や船の手配をしようとしていたところを、ラファエルの指示で兵を率いて向かったセドックがあっさりと捕縛したとのことだった。

（ブランディーヌ様にも怪我はなかったみたいだし、本当によかったわ。……でも、これからどうなるのかしら）

ブランディーヌが無事に保護されたからといって、今回の件がうやむやになるわけではない。

レオンスは今回の件を追及することで、ブロンデル国の『過激派』と呼ばれる人たちを一掃するつもりだと言っていたけれど、それはあくまでブロンデル国側の問題であって、マルタン大国側にしたら何の賠償にもならないのだ。

これがただの個人の問題であれば、ブランディーヌも無事だったし問題追及はしなくていいだろうと、それで片づけられることもあるかもしれないが、国同士の問題である以上そういうわけにはいかない。

（どうしよう……）

戦争は回避されると思う。ラファエルもレオンスも望んでいないから、大事にはしないはずだ。

（普通に考えたら、ブロンデル国側に賠償責任があるわよね？　このあたりはレオンス殿下とラファエル様で話し合うのでしょうけど……、レオンス殿下とブランディーヌ様はどうなるのかしら？）

レオンスとブランディーヌはお互いに想いあっている。けれど、賠償問題にまで発展するだろう事件のあとで、二人は結ばれることができるだろうか。

「賠償……」

「賠償がどうかしたんですか？」

考えに夢中になるあまり、口に出してしまったらしい。隣を歩いていたミラが、不思議そうな顔をした。

「え、あ……ええっと、今回の処断は、どうなるのかしらねって思ってね」

「落ち度は完全にあちら側ですから、こちら側が不利になることはないと思われますよ」

ミラとローズより一歩下がってついて来ていたニーナが言う。「そうよね」と頷いてニーナを振り返ったローズは、そこで「あ！」と声をあげた。

「そうよ、処断よ！」

「ローズ様、同じようなことばかり言ってどうしたんですか？」

ミラが怪訝そうな顔になるが、ローズはぱっと顔を輝かせた。

「いいことを思いついたの！　ニーナ、王妃様にお会いしたいのだけど、お時間を取っていただくことはできるかしら？」

ミラとニーナは顔を見合わせて、互いに首を傾げた。

☆

次の日。

ローズの部屋に夕食を取りに来たラファエルは、部屋に入って来るなりじっとりとした目を向けてきた。

「ローズ、俺に黙って勝手なことをしたね？」

(あ……)

ローズが「しまった！」という顔をすると、盛大にため息をつかれる。

「夕食の準備が整うまで、俺の部屋で話をしようじゃないか。ねえ？」

「あ、ぅ……」

これは怒っているなとローズが助けを求めるようにミラを見たが、事情を知っているミラは助けてはくれなかった。「突っ走ったローズ様が悪いのですから、怒られていらっしゃいませ」とにこやかに送り出されて、ローズはがっくりと肩を落とす。

ラファエルに連れられて隣の部屋まで移動すると、彼はソファに腰を下ろすとひょいとローズを膝に乗せる。がっちりと腰に腕が回されて逃げられなくされたローズは、おろおろと視線を彷徨（さまよ）わせた。

「それで、ローズの言い分を先に聞こうじゃないか」

ラファエルは笑顔なのに、声には逆らえない響きがある。

どうあっても誤魔化せないし言い訳も通用しないだろうから、ローズは素直に白状することにした。

「事前に相談しなくてごめんなさい……」

ミラが言ったように、今回は少々突っ走りすぎた。

ブランディーヌのためにも急がなくてはと焦ってしまったからだが、それは言い訳にはならない。

「王妃様から、ブランディーヌ様の処断を決めて報告するようにと言われていたので、ちょうどいいと思ったんです」

ブランディーヌがローズの頬を叩いた件の処断はローズ預かりになっていた。それを思い出したローズは、今回のブランディーヌが攫われた件を「建前」として使うことを思いついたのである。

「ブランディーヌ様がレオンス殿下と結婚する方法はこれしかないと思って……」

ブランディーヌが攫われたことで、ブロンデル国との関係はさらに悪化することが想定される。

このまま両国の関係がこじれるのはマルタン大国としても望むことではない。

ゆえに、ブランディーヌをブロンデル国へ嫁がせ、両国の橋渡しをさせる。

国同士の関係が良好とは言えない国に嫁がせるのは、ローズを叩いたことへのブランディーヌの「罰」としてふさわしい。

このような持論を展開したところ、ブランディーヌのことを案じていたジゼルも協力してくれることになり、国王への根回しに動いてくれたのである。

ちなみにジゼルからは、建前としては悪くないがアルベリク国王の説得には少し弱いと言われ、いくつか肉付けもされている。

曰く、一度誘拐されたブランディーヌは世間からは「傷者」として見られるだろう。問題になるような事実はなかったが、貴族の結婚において処女性を重要視するマルタン大国ではブランディーヌに良縁は望めない。だから責任をもってブロンデル国に引き取ってもらうのがいい、というようなことが追加されたわけである。

「父上から報告があったときは強引すぎてあきれたよ。聞けば君が思いついたことだって言うじゃないか。まったく……。今度からきちんと報告するように」

「はい……」

これは、突っ走った自分が悪い。ローズはしょんぼりと俯いた。

ラファエルはローズの頭にポンと手を置く。

「まあ、今後のことを考えると、ローズのこの案はうまく作用するだろう。ブロンデル国への賠償問題については、レオンス殿下がヒルカ国再建の主張を取り下げることで手打ちになりそうだからね」

「そうなんですか？」

「もちろん、レオンス殿下はこれから国に帰って国王や大臣たちに説明する必要がある。だけど、こちらが国交改善の橋渡しで王女まで差し出すと言えば、こちらがかなりの譲歩をしたと、少なくとも他国には映る。これでごねれば、ブロンデル国側が悪者と言うわけだ。さすがに、うち以外のほかの国とも外交でもめたくはないだろう？　レオンス殿下は有能だからね、しっかり外堀を埋めてから国内の反対派を抑え込みにかかると思うよ」

「じゃあ、大きくこじれることは……」

「ないはずだ。それどころか、国交がほぼ停止していた今までのことを考えると、結果だけを見れば改善することになる」

「じゃあ！」

「ま、上手くまとまったってことだよ。多少の問題が残るとすれば、レオンス殿下がブロンデル国内の過激派を始末し安定させるまで、数年はブランディーヌを嫁がせられないということかな」

「数年……ブランディーヌ様は不安になられるでしょうか」

八年も待ったのに、さらに待たされるのはラファエルの言う通り問題だろう。

ローズが顔を曇らせると、ラファエルが首を横に振った。

「いや、そうじゃなくて、姉上があと数年も王宮にいることが問題なんだ」

「え？」

「さっさと出て行ってほしいのに、ままならないものだな。はあ……」

「ええ!?」

本心からそう思っていそうなラファエルの嘆きに、ローズはあんぐりと口を開けた。

「今回の件で姉上は君のことをずいぶんと気に入ったみたいだからな」

それが本当ならば、いいことではないのだろうか。ローズはラファエルの家族には気に入られたいし、仲良くしたいと思っている。ラファエルはいったい何を問題視しているのだろう。

不思議そうな顔をしたローズの鼻を、ラファエルがふにっとつまんだ。

「そんな顔をしているってことは、わかっていないね。ローズを気に入った姉上が、何かと君にちょっかいをかけてくるだろうって言っているんだけど」

「それは、ダメなことなんですか？」

「ダメに決まっているだろう？」

ラファエルはローズの鼻をつまんでいた手を頰に移動させて、今度はふにふにと頰をつつきながら続けた。

「俺はローズを可能な限り独占したいし、ローズの一番で唯一でいたいんだよ。どう考えても姉上は邪魔ものじゃないか」

ラファエルはもしかして冗談を言っているのだろうか。

ローズが思わず「ふふ」と笑みをこぼすと、ラファエルの形のいい眉がぐっと寄った。

「なるほどまだ理解できていないのか。じゃあ言い方を変えよう。俺が嫉妬すると君がとても大変な目に遭うと思うけど、それでも笑っていられるのかな」

(嫉妬？　大変？　……何の話？)

話がどうつながっているのかがわからなくなって、ローズはパチパチと瞬く。

ブランディーヌがローズのことを気に入ったらしいというところから、どうして嫉妬へと話が飛んだのだろう。

(というか、ラファエル様が嫉妬？　……わたしに？)

それはちょっと……、嬉しいかもしれない。

ふにゃっと頬を緩めたローズを見て、ラファエルが額に片手を当てて天井を仰いだ。

「本当に知らないからね、ローズ。俺は一応警告したよ？」

——ローズがラファエルのその言葉の意味を知ることになるのは、今日からさらに数日後のことだった。

☆

ブランディーヌが保護されてから三日で話し合いを終えて、レオンスはブロンデル国へ帰国することになった。

アルベリク国王とラファエルと決めた内容をブロンデル国へ持ち帰り、報告と調整を行うそうだ。賠償等を記した書類を作成するのは、レオンスがブロンデル国王と調整をつけたあとになる。レオンスが王太子であっても、独断で書類を作成し押印する権利はないからだ。

「早く調整して頂戴ね。また八年も待たせたら許さないわよ」

城の玄関まで見送りに来たブランディーヌが、ツンと顎をそらして言う。

ラファエルが苦々しい表情になったが、レオンスは余裕そうにくすりと微笑んだ。

「わかっているよ。ブランディーヌが淋しがって泣いちゃう前に調整をつけるさ」

「な――」

「来年の早いうちには、正式な婚約の書類を整えて戻って来るね」

顔を真っ赤に染めたブランディーヌに、レオンスが片目をつむってからひらりと手を振った。

「じゃあ、我儘はほどほどにして、ちゃんといい子で待っているんだよ」

「余計なお世話よ！」

ブランディーヌが赤い顔で怒り出すが、レオンスに気にした様子はなく、ただ笑って馬車に乗り込んだ。

ローズが馬車に向かって手を振ると、レオンスが馬車の窓から手を振り返してくれる。

馬車が走り出すと、ラファエルがやれやれと息をついた。

「来年の早いうちってことは、あと半年くらいでまとめるつもりなのかな。そう簡単な問題ではないと思うんだが……レオンス殿下ならやりそうだね」

「愛の力ですね！」

「あ、愛……」

「ローズ……、恋愛小説が大好きな君には恥ずかしくない言葉かもしれないけど、そういうことは少なくとも城の玄関で言うものではないかもね。ほら、姉上がおかしなことになったよ」

「あ……」

見れば、ブランディーヌがさっきよりも顔を赤くして、挙動不審に視線を左右に動かしている。

ローズとラファエルの視線に気が付いたブランディーヌは、ぱっと顔を背けて踵を返した。

「わたくし、忙しいから失礼するわ！」

そう言って、逃げるように歩き出したブランディーヌだったが、思い出したように途中で足を止めて振り返る。

「言い忘れていたわ。今夜、王宮で王妃様主催の夕食会を開くの。招待状を送るわね。……ああ、夕食会は男子禁制だから、ラファエルはついて来ても部屋に入れないわよ」

「はあ⁉　聞いていないですよ！」

ローズが「わかりました」と返事をする前に、ラファエルが眉を吊り上げて叫んだ。

「今、言ったじゃない。それじゃあローズ王女、また夜に」

「はい、わかりました」

「勝手なことを――姉上!?」

ラファエルの文句など聞こえないふりをして、ブランディーヌは再び歩き出す。

ラファエルが忌々しそうに舌打ちした。

「おいセドック――」

「殿下は今日、大臣と会食だろ？　無理やり予定をバッティングさせて邪魔しようにも、殿下の予定があかないから無理だな」

「……くそ！　狙ったとしか思えない」

「当日連絡を入れる時点で、十中八九狙ったんだろ」

セドックが苦笑して、ラファエルの肩をポンと叩いた。

「それに、そんな顔をしているとローズ王女が不安がるぞ」

ラファエルはちらりとローズを見て、はー、と息をついた。

「ああ、そうだな。ローズ、夕食会には行っても大丈夫だよ。……心配だけど」

王妃主催の夕食会に行ってはダメなのだろうかとおろおろしていたローズは、ラファエルの許可にホッとする。

「気に入らないことこの上ないが、母上が夕食会に呼ぶってことは、ローズを認めたってことだろうからね。それ自体は喜ばしい……と思わなくてはいけない、と思っている」

「往生際（おうじょうぎわ）が悪いな。ほら、殿下。あと小一時間で会議だ。後回しになっていたプリンセス・ローズ号の入札について決めるんじゃなかったのか？」

「そうだったな……」

あれだけの豪華客船を遊ばせておくのはもったいないので、ラファエルは観光会社に船を貸し出すことにしたというが、希望者が殺到したせいで入札という形を取ることにしたという。

「連れてきた従業員をそのまま雇えとか、レンタル料に加えて収益の二割を収めろとか、いろいろ条件を付けたのに、驚くほど集まったな」

「そりゃぁまあ、最新の技術で作られた蒸気船だからな。使われている技術の特許の半分以上がグリドール国のものだから、うちの国で作ろうとすると莫大な金がかかるのもあって、豪華客船の製造なんてどこの会社も手を出そうとしていなかったし。それが低予算で貸し出されるとなれば、手をあげないはずがない。収益金の二割を収めたとしても、充分すぎるほどの利益が出るだろうからな」

先に行って資料の最終確認をしておくと言ってセドックが去っていくと、ラファエルがエスコートするようにローズの手を取った。

「それじゃあ、ローズ。部屋まで送るよ。早く帰らないと、ミラがここまでやって来そうだからね」

ラファエルの冗談に、ローズはくすりと笑う。

ミラはまだブランディーヌを警戒していて、今日もレオンスの見送りに彼女が来ると聞いて不安そうにしていたのだ。ローズが大丈夫だと言っても、一度刻み込まれた不信感はそう簡単には消えないようである。

「今日の夕食会、本当に気を付けるんだよ。王宮には毒花しかいないからね」

「王宮には、毒を持ったお花ばかりが飾られているんですか⁉」

知らなかった。

（お部屋とか廊下に飾られている花には、不用意に触らないようにしないと！）

ローズがきゅっと表情を引き締めると、ラファエルが何故か片手で目の上を覆って「はー」と天を仰いだ。

「不安だ……」

夕方になって、ローズは招待された夕食会に参加するため王宮へ向かった。

王宮へのお供はニーナである。ミラはまだ王宮の中のことがわからないためお留守番だ。

「ニーナ！　くれぐれもローズ様をお願いしますね！　ローズ様も、何かあればすぐに逃げ帰って来てください！」

（戦地に赴(おもむ)くわけではないのに、ミラってば心配性なんだから）

出かけようとしたときのミラの表情を思い出して、ローズは小さく笑う。

夕食会が開かれる王妃の部屋へ向かっていると、廊下の角に大輪の赤い花が生けられているのを見つけてローズは足を止めた。

「ニーナ、これは何の花なの？」

「ハイビスカスですよ。温暖な地域で咲く花なので、グリドール国ではあまり見ないかもしれないですね」

「へぇ！　ハイビスカスと言うのね。覚えておかなくちゃ！」

「お気に召したんですか？」

「ええ、とっても綺麗だもの。でも、毒があるんでしょう？　だから不用意に触らないように覚えておこうと思って」

ニーナが怪訝そうに眉を寄せた。

「毒？」

「あるんでしょう？　ラファエル様が、王宮に飾られている花には全部毒があるって言っていたもの」

「殿下が本当にそんなことをおっしゃったんですか？」

「ええ。毒花ばかりだから気をつけろって」

ローズがラファエルとしたやり取りを教えると、ニーナは途端疲れたような顔になって、首を横に振った。

「おそらく意味が違うと思います。ご心配にならなくても、王宮に飾られている花に触れては危険な毒が含まれたものはございませんよ」

「そうなの？」

「はい。……それから、毒花がどうとかというくだりは、くれぐれも夕食会の席では口になさいませんよう、お願いします」

「そうね、毒なんて食事会にはふさわしくない話題よね」

「……ソウデスネ」

どうしてだろう、ニーナの言葉が妙に片言に聞こえた。疲労感たっぷりの顔で「ミラも大概ですが、殿下はもっと困ったものですね」とぶつぶつ言っている。

王妃の部屋に到着すると、ローズ以外の全員が集まっていた。

全員と言っても、本日の夕食会のメンバーはローズ以外に、王妃ジゼルとブランディーヌ、そして、ブランディーヌの母である側妃エメリーヌの三人だけである。

エメリーヌとは初対面なので、ローズが恐縮しながら挨拶をすると、エメリーヌはおっとりと微笑んだ。髪の色と顔立ちはブランディーヌと似ているが、気性（きしょう）はあまり似ていないようで、ふわふわした雰囲気を持つ美人である。

「ブランディーヌからいろいろ聞いたわ。娘がご迷惑をおかけしてごめんなさいね。本当はもっと早くに謝罪にお伺いしたかったのだけど、下の子が熱を出してしまって、なかなか動けなかったの」

エメリーヌにはブランディーヌのほかに、今年五歳になる娘がいるようだ。虚弱と言うほどではないが、熱が出やすい体質の子らしい。

「末っ子だからか、陛下がことのほか溺愛していてね。ちょっと熱が出ただけで大騒ぎするものだから、エメリーヌは大変なのよ」

困った人よね、とジゼルが笑う。

「お父様は大げさなのよ」

ブランディーヌが肩をすくめて、ローズに席に座るように言う。ローズはブランディーヌの隣だ。

夕食会の邪魔をしないように、ニーナが他の侍女たちと部屋の隅に下がった。

ローズが席に着くと、ジゼルが赤ワインが注がれたグラスを手にして、茶目っ気たっぷりに片目をつむる。

「それじゃあ、邪魔者（男たち）がいない夜に、乾杯」

「「乾杯」」

「か、乾杯」

戸惑いつつも、ローズもジゼルたちとグラスを合わせる。

カツンッと軽くて高い音が響いた。

(確か、このあとはグラスを置かずにお酒を飲むのがマナーだったはず)

ローズがぐびっと赤ワインを飲み干すと、ジゼルが「あらあら」と目を細める。

「ローズ王女はいける口なのね。よかったわ」

聞けば、ジゼルたちは全員酒豪らしい。普段は「飲みすぎるな」とアルベリクに注意されて好きなだけ飲めないそうだが、鬼のいぬまに何とやらで、定期的に開く女性たちだけの夕食会では散々飲み散らかすのだそうだ。

「さあ、じゃんじゃん飲みましょう。ローズ王女には、ラファエルのこともいろいろ聞いてみたかったのよね。あの子、ローズ王女の前だとどんな顔をしているのかしら?」

侍女を呼ばず、ジゼルが自らデキャンタを手にしてローズのグラスに注ぎ入れた。ローズのグラスに注ぐと、今度はブランディーヌ、エメリーヌのグラスにも注いでいく。王妃に注がせていいものだろうかと思ったが、ブランディーヌもエメリーヌも平然としているので、夕食会ではよくあることなのだろう。

「ああ、それ、わたくしも訊いてみたかったのよね」

ブランディーヌが追随すれば、そうねえ、とエメリーヌも首を縦に振った。

「ラファエル殿下は、女性にあまり心を許さない方だと思っていたのだけれど、ローズ王女の前だと違うのでしょう?」

「ええっと……」

違うと言われても、ラファエルと知り合ってから今まで、彼が優しくなかったことはない。たまに少し意地悪なときもあるけれど、基本的に優しいし親切で、とても大切にしてくれている。

ローズが素直にそう答えると、三人はそろって妙な顔をした。

「ラファエルが優しくて親切ですって？」

と、ジゼル。

「それ、ラファエルの顔をした別人じゃないかしら」

これはブランディーヌ。

「別人は言い過ぎかもしれないけれど、想像はつかないわねえ」

最後におっとりとエメリーヌが頬に手を当てる。

ローズはおろおろと三人を順番に見やった。

「ほ、本当にお優しいですよ」

「例えば？　ローズ王女がラファエルと出会ったのは、プリンセス・ローズ号がプリンセス・レア号という名前だった時のクルーズのときよね？」

「は、はい。初めて会ったのはアート・ギャラリーでした。その時はモルト伯爵のお名前を名乗っていらっしゃって、その、わたしが、ナンパ？　というものをされていたところを助けてくださって……」

「何それ面白そうなんだけど、もっと詳しく説明してちょうだい」

ブランディーヌがラファエルを揶揄うネタを見つけたとばかりに食いついてきた。

ジゼルとエメリーヌも体が前のめりになっている。

ローズは三人に求められるままに、ラファエルと出会ってから今日までのことを語った。

ところどころ照れてしまうようなことを思い出しては、ポポポ……と頬を染めるローズと対照的に、話が進むにつれて三人の顔が能面のようになっていく。

「庇護欲というか、独占欲全開じゃない」

「ラファエル殿下はどちらかと言えばクールな方だと思っていたけど、違ったのかしら」

「というか、あの子、完全に調子に乗っているわね」

最後のジゼルの言葉に、ブランディーヌとエメリーヌが深く頷いた。

そして三人ともが真剣な顔になって、ローズの方にずいと身を乗り出してくる。

「いいこと、ローズ王女。このままだとラファエルはもっと調子に乗って、それこそローズ王女を一日中独占して部屋から出さないくらいになると思うわ。そうなる前に、もっと毅然と対応できるようにならないとダメよ」

「そうそう。甘い顔だけしていたら、すぐに気が大きくなるから。陛下もどちらかと言えばそういうタイプだし、ラファエル殿下もきっとそうなるわ」

「まったくね。あの子はどうせわたくしが何を言ったって聞きやしないんだから、ローズ王女がしっかりしないとダメね」

ラファエルとの馴れ初めを話していたら、話が妙な方向へ転がり始めてしまった。

ローズがおろおろしていると、ジゼルがいいことを思いついたとばかりにニッと口端を持ちあげる。ちょっと意地悪なことをするラファエルの表情とよく似ていて、ローズはさすが母子だと感心してしまった。

「ブランディーヌ、あなた、ブロンデル国に嫁ぐための妃教育がはじまるでしょ？　八年前も少ししていたけど、さすがにもうほとんど忘れているでしょうし、一からよね？」

「ええ、そうなると思いますわ」

「ブロンデル国に嫁ぐ以上ブロンデル語は必修だけど、教師は決まったの？」

ブランディーヌが困った顔で首を横に振ると、ジゼルの笑みが深まる。

「そうよね？　ブロンデル語を教えられるだけ習得している人なんて、この国には少ないはずだもの。そこで、ローズ王女にお願いしたいのだけど……確かローズ王女は、ブロンデル語の読み書きが完璧だそうね？」

「完璧かどうかはわかりませんが……一応、読み書きはできます」

「結構。そしてあなたの侍女は通訳できるくらいにブロンデル語が堪能なのよね？」

「はい、ミラはすごく賢いですから！」

ミラのことが褒められて相好を崩したローズに、ジゼルが苦笑しながら続ける。

「ねえ、ブランディーヌ。ちょうどいいと思わない？」

ジゼルに流し目を送られて、ブランディーヌもニヤリと笑った。

「あら、本当ですわね。なんて好都合なのかしら。ローズ王女と侍女にブロンデル語を教わることができれば、とても心強いですわね。いいでしょう？　ローズ王女」

「はい、わたしでよければもちろん大丈夫です」

ジゼルとブランディーヌの企みに気づかないローズは、にこり笑って頷いた。

「ふふ、これであのうるさい子も口出しできないでしょう。これから一緒にいられる時間が増えそうね。嬉しいわ」

ジゼルは満足そうな顔で、ぐいっと赤ワインをあおった。

☆

食後、骨董(こっとう)コレクターの大臣から自慢の品の話を延々と聞かされて、ラファエルが会食から解放されるころには夜もだいぶ更(ふ)けていた。

深夜とまではいかないが、時計の針は限りなく深夜に近いところまで近づいている。

イライラしながら大臣宅から城に戻ったラファエルは、使っている部屋のドアノブに手をかけて動作を止めた。

（ローズはもう寝ているだろうか？）

隣の部屋の扉に視線を向ける。

ローズは今日、ジゼルが主催した夕食会に出席していた。

ジゼルたちのことだ、ラファエルがいない隙にあることないこと好き勝手にローズに吹き込んだに違いない。

（何を言われたのか非常に気になるな。……妙なことを言われていたら早めに否定しておかないと）

ラファエルにとって不都合なことを暴露されていた場合、早めにローズの記憶から抹消しておかなくてはならない。

（最初は腹立たしかったが、ローズが王宮に部屋を用意されなかったのは逆によかったかもしれないな。母上たちとの距離が近いと何を言われるかわかったものじゃない）

王宮に住む女性たちの機嫌を損ねるとあとが面倒くさいので、ラファエルは彼女たちにはできるだけ慇懃に対応するようにしていた。だが、女とは勘が鋭い生き物で、ラファエルがどれだけ丁寧に対応しようとも、内心の「面倒くさい」という心情を感じ取るらしい。ラファエルは、いつの間にか彼女たちから「慇懃無礼」と言われていることを知っていた。

（ここぞとばかりにローズに悪口ばかり吹き込まれた気がする）

ラファエルは無性に不安になってきて、ドアノブから手を離すと、隣のローズの部屋へ向かった。

寝ているだろうから起こさないようにと、控えめに扉をノックして、返事が返ってくる前に扉を開ける。

すると、明かりをつけた部屋にポツンと一人で座っていたミラがバッと顔をあげた。

「ローズさ……ラファエル殿下でしたか」

ラファエルを見て、ミラがずーんと沈んだ表情をする。

「ローズはまだ帰っていないのか？」

「はい。ニーナが一緒ですから大丈夫だと思いたいんですけど、さすがにこの時間になると心配で……」

「そうだな、いくら何でも遅い」

ジゼル主催の女性だけの夕食会には、当然ラファエルは参加したことがないが、夕食会が深夜近くまで続くとは思えなかった。

「見てこよう」

何かあったのかもしれないと、ラファエルが表情を引き締めて踵を返す。

王宮の中で何かがあるとは思えないが、ローズはぽやぽやしていてすぐに人を信用するところがある。

（見ず知らずの人間からお菓子をあげると言われてついて行っていないだろうか……）

さすがにそれはないと思いたかったが、ラファエルがローズと初めて会ったとき、ローズはそれとは知らずにナンパ男に連れ去られようとしていたばかりか、ティータイムのケーキにつられてほいほいとラファエルを信用してついてきた。

（不安だ……）

ローズは思いっきり前科があるのである。今回も同じようにどこかの誰かに「お茶しませんか？」と誘われてついて行っていないと言い切れるだろうか。

（ローズには今度、知らない人について行ってはいけないという基本事項を叩きこむ必要がありそうだ）

人を疑わないのは美点だが、疑わなさすぎるのも問題だ。

ラファエルの歩調がどんどんと速くなり、最後にはほとんど走り出していた。

息を切らせて王宮に到着すると、玄関に立っている衛兵が目を丸くする。

「殿下、そんなに急がれてどうしたんですか？」

「ローズを迎えに来たんだ。ローズはまだ帰っていないのだろう？」

王宮から出るには玄関を通る必要がある。

使用人が使う勝手口や、有事に備えての抜け道なども存在するが、ニーナが一緒にいてそんな場所を使用するとは思えない。

案の定、衛兵たちは「まだお帰りになっていませんよ」と頷いた。

（とりあえず最悪の事態は回避できたわけだ）

王宮を出てから誰かに連れ去られていたら大問題だったが、とりあえず王宮の中にいるのならば危険はないだろう。

ラファエルは衛兵に礼を言ってジゼルの部屋に急いだ。

時間が時間なので夕食会はとうにお開きになっているだろうが、夕食会のあとでローズがどこへ向かったのかはジゼルが把握しているはずである。

おおかた、ブランディーヌあたりにお茶に誘われて彼女の部屋に行っているのだろうと当たりをつけつつジゼルの部屋を叩くと、小さく扉を開けて顔をのぞかせた侍女が、ラファエルの顔を見て戸惑った表情を作った。

「ラファエル殿下……」

しまった、という顔をした侍女に、ラファエルの眉がぐっと寄る。

「ローズがまだ帰って来ていないんだ。母上に確認したいのだが」

「それは……」

侍女の顔色が悪くなる。

(この中に何か隠したいものでもあるのか?)

ラファエルは扉をつかむと、侍女の制止も聞かず強引に押し開けて――絶句した。

「あー、らふぁえるさまー」

扉が開く音に振り返ったローズが、へらーっと笑う。その顔は真っ赤で、頭はゆらゆらと左右に揺れていた。そしてその手には、赤いワインの入ったワイングラスが握られている。

「……ローズ？」

明らかに様子のおかしいローズに、ラファエルは固まった。

しかしすぐに我に返ると、慌てて彼女の手からグラスを奪い取る。

「ローズ、君、いったいどれだけ飲んだ――って、母上!?」

ローズに気を取られていたラファエルは、テーブルに突っ伏しているジゼルを見てギョッとした。

ジゼルの隣のエメリーヌも同じようにテーブルに突っ伏していて、ブランディーヌは少し離れたところのソファで横になって熟睡している。

(何がどうなっているんだ……)

ラファエルはローズを見たが、くすくすと可愛らしく笑いながらゆらゆら揺れている彼女では説明できないと判断し、扉の所で所在無げにたたずんでいる侍女に視線を向けた。

「これはどういうことだ？」

「そ、それが……」

咎めるようなラファエルの視線に侍女が顔色をなくしていると、水差しとグラスを取りに行っていたらしいニーナが部屋に戻って来て、「迎えに来られてしまいましたか」と肩をすくめた。

「ニーナ。これはどういう状況だ」

「殿下のお察しの通り、飲みすぎです」

ニーナがコップに水を注いでローズに手渡す。こぼしそうになりながら水を飲むローズにはらはらしていると、ニーナはジゼルたちの前にも同じように水を用意しながら説明を続けた。ジゼルたちは水が用意されてもピクリとも動かなかったが。

「皆さまずいぶんと盛り上がられて、いつもよりお酒が進んでいらっしゃいました。その結果がこれです。……ローズ王女殿下も同じくらい飲まれたはずなのですが、どうやら相当お強いようですね」

ニーナによると、まずブランディーヌがつぶれたらしい。そして、ジゼルの指示でソファに寝かされた。

そうこうしていると、ジゼルとエメリーヌがほぼ同時にケタケタ笑いながらテーブルに突っ伏して寝息をたてはじめたという。

一人残されたローズはふわふわした表情をしていたが意識を保っていたので、ニーナは連れ帰ろうかとも考えたそうだ。だが――

「飲みすぎて立って歩けないようですので、水を飲んで少しはっきりしていただいてから城に戻ろうと思っておりました。いくらローズ王女が小柄でも、わたくしでは抱えて戻れませんし、ほかの殿方にお任せしたら殿下がご不快になると思いまして」

それはそうだ。ローズが他の男に抱きかかえられるところを想像するだけで、ムカムカとした吐き気がこみあげて来る。

（それにしても母上たちは何を考えているんだ！　いくら何でも飲みすぎだろう！）

ジゼルたちはともかく、ローズにも同じだけ飲ませたというのが気に入らない。

「ローズ、大丈夫か？」

くぴくぴと水を飲み干したローズに訊ねると、ローズはまたふにゃっと笑う。

「……これはまずいな」

ラファエルの目には、ローズはかろうじて酔い潰れていないだけで、ほとんど意識を保っていないように見えた。いつもに輪をかけてぽやんぽやんしている。

「夕食会は終わりだ。ローズは連れて帰るが……この三人は自業自得なので起きるまで放置して、君たちはさっさと休めばいい」

所在無げだった侍女たちに命じて、ラファエルはローズをゆっくりと抱き上げる。

視線が高くなったことが面白かったのか、ローズがくすくすと笑い転げた。

（ローズは酒も注意だな。飲ませすぎるとこうなるなんて……可愛すぎて誰にも見せたくない）

幼い子供のように笑いながらラファエルにすり寄って来るものだから、たまらない。

ニーナはジゼルの部屋の片づけを手伝ってから戻るというので、ラファエルはローズを抱えて一足先に城へ戻ることにした。

抱えているローズにできるだけ振動を与えないようにゆっくり歩いてローズの部屋の前まで戻る。

「ローズ、部屋につい――ローズ？」

扉の前でローズに声をかけたが返事がなく、不審に思って見下ろせば、ローズはラファエルの腕の中で幸せそうな顔で眠りこけていた。

その無防備な顔に、ラファエルは無意識のうちにため息をつく。

（まったく君は……）

こうも安心しきった顔で眠られると、少々複雑な気持ちになるのが男心というものだ。

両手が塞がっているので、扉の前の衛兵に頼んでノックしてもらうと、ローズの帰りを今か今かと待ち構えていたミラがすぐに扉を開けた。

「おかえりなさいませ……あら？」

ミラはラファエルの腕の中ですやすやと眠っているローズに目を丸くした。

「王妃たちに飲まされたようだ。起こすのも可哀そうだから、このまま寝かせてやってくれないか」

ローズの無事な姿が確認できたからか、ミラはくすくすと笑って、すでに準備が整えられているベッドまでラファエルを案内した。

「ローズ様は、お酒には弱くないはずですのに、随分とお飲みになったようですね」

「ああ。王妃たちがつぶれていたくらいだから、かなり飲んだのは間違いないだろう。普段は最初の一杯くらいしか飲まないのにな。無理やり飲まされたのかもしれない」

明日にでも王妃たちには苦情を入れておこう。次も同じようなことがあったらたまらない。

「おやすみ、ローズ」

ラファエルはローズをベッドに横たえて額にキスを落とすと、そっと身を引こうとした。だが、ローズの手がしっかりとシャツを握りしめていて、ラファエルはベッドに身をかがめたまま途方に暮れる。

「ミラ、ローズの手を離してくれないか？」

自分でも離そうとしたがどうあっても外れないのでミラに頼めば、ミラが眉尻を下げた。

「それが……ローズ様は眠る直前に掴んだものは、そう簡単には離してくださらないのです」

「なんだって？」

小さな手からは想像もつかないくらいの強い力で、ローズはぎゅうっとシャツを握りしめている。

無理やりはがそうとすると細い指を折ってしまいそうで、ラファエルがどうしたものかと困惑していると、ミラが諦めたようにそっと息をついた。

「仕方がございませんので、今日は隣でお休みになられたらいかがでしょう」

ミラの提案に、ラファエルはギョッとした。

「しかし……」

「握られているところがちょうどボタンの上ですからね、脱ぐこともできないでしょうし」

確かにそうだが、結婚前に同衾などして、ローズの名前に傷がつかないだろうか。

けれど、ラファエルが困惑している間に、ミラはさっさとラファエルのための枕も用意してきてしまった。

「わたくしは控室におりますから、何かあればお呼びください。……ラファエル殿下、わたくし、殿下のことを心から信頼しておりますから、どうぞよろしくお願いいたしますね」

間違いは絶対に起こすなよと怖い笑顔で念を押すミラに、ラファエルは覚悟を決めた。

ラファエルがローズの隣にそっと潜り込むと、ミラが部屋の灯りを落として控室へ下がっていく。

ラファエルは起きる気配のないローズに、頭を抱えたくなった。

(はあ……今夜は眠れそうにないな……)

まさかこんな風に忍耐力を試される羽目(はめ)になるとは思わなかったと、ラファエルはローズを遠慮がちに抱き寄せながら、大きく嘆息したのだった。

エピローグ

――困ったお姫様だね。

誰かがそっと、耳元でささやいた気がした。

けれども睡魔に捕らわれたローズの瞼は重くて、そして、ゆらゆらとゆりかごのように小さく揺れる振動が心地よくて、誰だろうと思いながらもそのまま深い眠りについてしまう。

なんだか幸せな夢を見た気がして目を覚ましたローズは、ぼんやりと目をこすりながら隣を見て、小さく息を呑んで固まった。

「おはよう、俺の眠り姫」

にこやかに微笑む婚約者が、なぜか隣にいたからだ。

密着するほど近くで当然のようにベッドに横になっていたラファエルに、ローズの頭の中は「?」でいっぱいになる。

「え？　あ、お、おはようございます、ラファエル様。……え？」

ここは自分の部屋であっているだろうかと、ローズはきょろきょろと視線を彷徨わせる。

天蓋の帳(とばり)は完全には閉じられておらず、まるでわざとそうされているかのように、一部がベッドの柱に括(くく)りつけられている。

その隙間から部屋の中を見やったローズは、確かに自分の部屋だと思った。

（どうしてラファエル様がここに？）

思い出そうとしたローズは、昨夜の記憶が途中でプツリと途絶えていることに気が付いた。

ジゼルの部屋で、ブランディーヌやエメリーヌを交えて楽しく夕食を食べたことは覚えている。

だが、デザートを食べはじめたあたりから記憶がなかった。

どうやって部屋に戻って来たかも覚えていない。

（あれ？）

今までこんな不思議な現象が起こったことは一度もない。ローズの身に何があったのだろうか。

「あの、どうしてラファエル様がここに？　昨日の記憶が途中からなくて、その……」

ローズは青ざめ、ラファエルを見た。

ローズはつながらない記憶に泣きそうになった。

「本当に困ったお姫様だよ」

ラファエルが手を伸ばして、ふに、とローズの頬を軽くつまむ。

「昨夜、ローズは母上に散々酒を飲まされたみたいで酔いつぶれたんだ」

「えっ」

言われてみれば、かなりの量を飲んだ気がする。途中まではほどほどにしないといけないと考えていたはずなのに、最後の方はそんな理性もきれいさっぱり消え去っていたような。

(え？　じゃあ、わたし、何か失態を……!?)

成人を迎え、酒が飲めるようになると、アリソンから酒の席で失敗しないように気を付けるように注意を受けた。これまでその忠告に従って、必要以上に飲まないようにしてきたのに、失敗してしまったのだ。

ローズがさーっと顔色をなくすと、どういうわけかラファエルの方が慌てだした。

「酔っぱらったローズをここまで運んだのは俺だが、誓ってそれ以上のことはしていない。ローズがシャツをつかんで離してくれなかったから隣で休んだだけだ！」

(それ以上のこと？)

それ以上というのが何を指すのかは理解が及ばなかったが、ローズが迷惑をかけたことに変わりはない。

「すみません、本当にご迷惑をおかけいたしました！」

部屋まで運んでもらったばかりか、ローズの隣で眠らせる羽目になってしまったのだ。

見れば、ラファエルの目の下には隈(くま)ができていた。きっと、自分の部屋じゃないから落ち着いて眠れなかったのだ。どうしよう。ラファエルを寝不足にしてしまった。

「ごめんなさい……。わたしの隣だと眠れませんでしたよね？」

「そうですよね？　寝相が悪かったでしょうか？　それとも寝言がうるさかったのでしょうか？　眠っている間のことなのでよくわからなくて……。本当にごめんなさい！」

「いや、寝相も悪くなかったし寝言もほとんどなかったが……なるほど」

ラファエルは納得したような顔になって、こめかみを押さえた。

「俺が隣にいて、君はまず寝相と寝言の心配をするのか。……ここまで信用されていると、どうしていいのかわからなくなるな」

「もちろんラファエル様のことは信用していますよ！　でも、どうしてそんな疲れた顔をしているんですか？」

「なんでもないよ、ローズ。ちょっと……その、君の純真さにあてられただけだ」

「？」

わけがわからない。

ローズがきょとんとしていると、ラファエルは気を取りなおしたように咳ばらいをして、ベッドに上体を起こした。

「それで、昨日の夕食会はどうだったんだ？　覚えている範囲で教えてくれないか」

ローズはぱっと顔を輝かせて、ラファエルに習って上体を起こす。

「すごく楽しかったです！　王妃様もブランディーヌ様もエメリーヌ様もみんなお優しくて！」

「へえ、そうなの？」

「はい！　ブランディーヌ様は、わたしがまだこの国に不慣れだろうからって、いろいろ教えてくださるそうなんですよ！」

「なんだって⁉」

「ほかにも、お茶会や夕食会にも、今後たくさんお誘いいただけるって言ってくれて……！　あ、そうそう、王宮にお部屋も用意していただけるそうです！」

「……最悪だ」

ラファエルが両手で顔を覆った。

「え？　どうしてですか？」

どれもいい話なのに、なぜラファエルは嫌な顔をするのだろう。

（わたし、どこか間違えた？）

ローズの知らない、裏の意味があったのだろうか。ジゼルたちと仲良くなれたと思ったのはローズだけで、本当は嫌われていたのだとしたらどうしよう。

ローズがおろおろしていると、ラファエルが腹の底から疲れたような声を出した。

「はあ。ローズは間違いなく母上たちに気に入られたんだ。王宮に部屋が用意されたら、母上たちに独占されるのは間違いない。……これは何としても阻止しなくては」

「ど、どういうことですか？　気に入っていただけたんですよね？」

何が悪いのだろうか。ラファエルは何を阻止しようとしているのだろう。

「母上たちはローズとの仲を深めようと、何かにつけて誘いを入れて来るだろうということだよ」

「それは、いいことですよね？　わたしも王妃様たちと仲良くなりたいです！」

ローズが胸の前で拳を握りしめると、ラファエルは片眉を跳ね上げた。

そして、何を思ったのかニヤリと口端を持ち上げ、ローズに覆いかぶさるようにしてベッドの上に押し倒す。

「ローズ。俺は以前、警告しなかったかな？」

「警告？」

はて、何のことだろう。

ラファエルに両耳の隣に手をつかれて囲い込まれるような体勢で、ローズは首を傾げる。

ラファエルはさらに笑みを濃くした。

「俺はローズを独占したいし、ローズの唯一で一番でいたいんだよ。そう言わなかった？」

「ラファエル様はわたしの一番ですし唯一ですよ？　わ、わたしもラファエル様の一番だと、その、すごく嬉しいですけど……」

ローズが顔を赤く染めると、ラファエルが虚を突かれたような顔をした。

「……そう来るのか」

しばし沈黙したラファエルが、ローズの隣にごろんと転がって突っ伏した。

「ああ、もう、どうしてくれよう……」

ラファエルは少し赤い顔をあげて、ローズをぎゅうっと腕の中に抱き込む。

「俺のお姫様は可愛すぎるだろう。……はあ、今日は一日こうしてすごそう。それがいい」

「え？　さすがにそれは、まずいんじゃないでしょうか？　お仕事もありますし……」

ローズだってラファエルと一日中一緒にいられるのは嬉しいが、王太子である彼はそれが許されない立場だということは承知している。

ラファエルは愛おしそうにローズの頭を撫でながら口を尖らせた。

「それなら、朝食の時間までだ。まだ一時間くらいあるだろう？　その一時間で、ローズは俺を嫉妬させた報い（むく）を受けるといいよ」

「それは、どういう——むぅ!?」

最後まで言い切る前に、ローズの唇が塞がれる。

ラファエルの宣言通り、彼を嫉妬させるといかに大変な目に遭うのかということを、ローズはこのあと一時間かけてしっかりと教えられることになったのだった。

あとがき

こんにちは、狭山ひびきです。一巻をご購入くださいました皆様のおかげで、こうして二巻を出すことができました！　本当にありがとうございます！

ということで、二巻はマルタン大国編になります！

マルタン大国は、建造物や食べ物などのイメージはトルコ（しかも、オスマン帝国時代の、ちょっと古い建造物など）をイメージして作っています。いつか行きたいと思いつつまだ実際にトルコに行ったことはないのですが、資料としてモスクの写真や伝統工芸の写真などを見ながらうっとりしていました。お料理も美味しいですし、私の中でトルコはうっとりするほど夢の詰まった国です。

さて、本作は私の作品の中では溺愛度が高い作品ですが（ヒーローだけじゃなくて侍女からも）、一巻で無事ローズの心を射止めたラファエルの溺愛度はさらに増していく一方でございます。ミラはもちろん言わずもがな。書きながら「いやいや、君（たち）、ちょっと落ち着こう」「過保護が過ぎる！」と突っ込みたくなるシーンも多々ございましたが、彼らは周りが何を言おうと変わらないので、生温かい目で見守ってあげてください。

そしてローズですが、閉じ込められて育ったがためにどこか浮世離れしているぽわーんとした彼女も、大国の王妃になるべく成長していただかなくてはなりません。ラファエルとミラに囲まれていたら過保護すぎてローズが成長できないので、導き手をご用意しました（ラファエル姉は一巻から構想があって出したくて仕方がなかったのでとても満足です！）。ラファエルをはねのけられる方と言えば、やはり姉と母をおいて他はいないでしょう。ちなみにラファエル弟も出したかったのですが、内容と分量の関係で不可能でした。でもまあ、ラファエルの姉と母が出せて私的には満足です。強い女性が好きなので、彼女たちのような女性を書くのはとっても楽しいですからね。ラファエルが何かと女性を警戒して何かと疑ってかかるのは彼女たちのせいですので、「あーなるほどー。可哀想にねー」と思いながら読んでいただければ幸いです。

ではそろそろあとがきページも尽きてまいりましたので、関係者の皆様へのお礼にて締めさせていただければと思います。

まず、一巻に引き続き二巻でもイラストを担当してくださいました珠梨やすゆき先生！　二巻もすっごく素敵なローズたちをありがとうございました！

次に担当様たちをはじめ、この本の制作に携わってくださいました皆様、ありがとうございます！

そして最後になりましたが、この本をお手に取ってくださった読者の皆様！　皆様のおかげで二巻が出ました！　感謝してもしきれません！　本当に本当にありがとうございます！

それでは、またどこかでお逢いできることを祈りつつ。

ダッシュエックスノベルfの既刊

Dash X Novel F 's Previous Publication

『魔力量歴代最強な転生聖女さまの学園生活は波乱に満ち溢れているようです2』
〜王子さまに悪役令嬢とヒロインぽい子たちがいるけれど、ここは乙女ゲー世界ですか?〜

行雲 流水

イラスト／桜 イオン

トラブルだらけの乙女ゲー異世界学園生活、第2巻!

王子と「ヒロインちゃん」が大暴走!!?幼馴染と平和に暮らしたいだけのナイには迷惑で…!?転生者で元孤児の聖女ナイは、ある日、後見人の計らいで王立学院に通うことに!愛しい幼馴染と平和に暮らしたいだけのナイだが、王子や貴族ばかりの特進科には、周りを「攻略」してトラブルを巻き起こす少女アリスがいて…!?そして課外訓練中に、アリスの無謀な行動により魔物に壊滅させられそうになる特進科だったが、ナイの幼馴染であるジークとリン、魔術師団副団長の助けもあり、なんとか窮地を脱する。しかし王族や貴族を危機に陥れた「ヒロインちゃん」ことアリスは王国に捕らえられてしまうことに。いまいち反省の色が見えないアリスの尋問に同席させられたナイだが、そこで彼女が危険な「魔眼」を持つことが発覚し…!?

ダッシュエックスノベルfの既刊

Dash X Novel F 's Previous Publication

『わたくしの婚約者様はみんなの王子様なので、独り占め厳禁とのことです』

雪菜

イラスト／whimhalooo

「僕の婚約者が可愛すぎるから、不可抗力だよ」

天然悪女と絶対的紳士の、甘美な学園ストーリー!!


可憐な美貌の公爵令嬢・レティシアの婚約者様は、まさに〈みんなの王子様〉。

いつも学園の生徒たちに囲まれているウィリアムには、気安く近寄ることができない。だけど、レティシアにとってそれは瑣末な問題だった。

彼に相応しくあり続けることが、何より大切。そのために常に笑顔でいるのだが「嘘っぽい」とか「胡散臭い」とか、なぜか散々な言われよう。学園の生徒たちからの妬みや嫉みは絶えないし、中でも、男爵令嬢のルーシーは悪質な嫌がらせばかりしてくる。

大好きな婚約者様に迷惑をかけず、穏便に解決したいのに…。

過保護なウィリアムは、放っておいてくれなくて——!?

未来で冷遇妃になるはずなのに、なんだか様子がおかしいのですが… 2

狭山ひびき

2023年12月10日　第1刷発行

★定価はカバーに表示してあります

発行者　瓶子吉久
発行所　株式会社　集英社
〒101－8050　東京都千代田区一ツ橋2－5－10
03(3230)6229(編集)
03(3230)6393(販売／書店専用)　03(3230)6080(読者係)
印刷所　大日本印刷株式会社
編集協力　株式会社シュガーフォックス

ISBN978-4-08-632017_7　C0093

作品のご感想、ファンレターをお待ちしております。

あて先

〒101－8050　東京都千代田区一ツ橋2－5－10
集英社ダッシュエックスノベルf編集部　気付
狭山ひびき先生／珠梨やすゆき先生